PULE, KIM JOO SO

GABY BRANDALISE

PULE, KIM JOO SO
뛰어 김주소

1ª edição
Rio de Janeiro-RJ / Campinas-SP, 2017

VERUS
EDITORA

Editora
Raïssa Castro

Coordenadora editorial
Ana Paula Gomes

Copidesque
Gabriela Adami

Revisão
Cleide Salme

Capa
Marina Avila

Fotos da capa
elwynn/Shutterstock (rapaz)
kiuikson/Shutterstock (garota)
Donatas Dabravolskas/Shutterstock (prédios)
sayan uranan/Shutterstock (cidade da Coreia do Sul, contracapa)

Projeto gráfico e diagramação
André S. Tavares da Silva

ISBN: 978-85-7686-646-6

Copyright © Verus Editora, 2017

Direitos reservados em língua portuguesa, no Brasil, por Verus Editora. Nenhuma parte desta obra pode ser reproduzida ou transmitida por qualquer forma e/ou quaisquer meios (eletrônico ou mecânico, incluindo fotocópia e gravação) ou arquivada em qualquer sistema ou banco de dados sem permissão escrita da editora.

Verus Editora Ltda.
Rua Benedicto Aristides Ribeiro, 41, Jd. Santa Genebra II, Campinas/SP, 13084-753
Fone/Fax: (19) 3249-0001 | www.veruseditora.com.br

CIP-BRASIL. CATALOGAÇÃO NA FONTE
SINDICATO NACIONAL DOS EDITORES DE LIVROS, RJ

B816p

Brandalise, Gaby
 Pule, Kim Joo So / Gaby Brandalise. - 1. ed. - Campinas [SP] : Verus, 2017.
 ; 21 cm.

ISBN 978-85-7686-646-6

1. Ficção brasileira. I. Título.

17-44685   CDD: 869.3
            CDU: 821.134.3(81)-3

Revisado conforme o novo acordo ortográfico

Seja um leitor preferencial Record.
Cadastre-se no site www.record.com.br e receba informações sobre nossos lançamentos e nossas promoções.

Atendimento e venda direta ao leitor:
mdireto@record.com.br ou (21) 2585-2002

I

"Fantasmas, duendes, raposa de nove caudas, comensais de morte. Acho que tudo é possível. Qual deles é você?"

"귀신, 도깨비, 구미호, 저승사자 다 있을수 있다고 생각합니다. 나으리는 그중 어느것이옵니까?"

— *My Love from Another Star*
별에서 온 그대

Um dia, um homem deu as costas para um rio em Seul, na Coreia do Sul, e jogou-se dentro dele. Exatamente no mesmo lugar de onde uma amiga, que esteve lá desde o início, pulou antes. Ela, após ler o que ele escrevera em um bilhete. O homem, porque ouviu uma ordem para saltar. E porque queria a própria história. A amiga desapareceu. E ele emergiu em um lugar que não conhecia.

Enquanto isso, em uma universidade local, um jovem e renomado roteirista coreano ministrava uma palestra sobre a criação de narrativas apaixonantes. Imponente atrás do púlpito, ele orientava alunos de roteiro a minimizarem o naturalismo e o realismo — algo que havia se tornado a grande norma da televisão americana. Dizia que histórias ocidentais faziam escolhas estéticas e de edição para que o telespectador tivesse a sensação de estar assistindo à própria vida, como em um documentário. Mas o bom roteiro trazia exageros para causar impacto emocional. Para mostrar como a vida nos faz sentir, não a aparência que ela tem.

Ao mesmo tempo, o ex-namorado de uma brasileira arrombava a porta de sua casa, mais uma vez, para agredi-la. Essa garota também queria outra história. Nos primeiros meses, apanhou. Nos seguintes, aprendeu a se defender. Mas nunca parou de sentir medo.

— Marina! — O grito desafinado a fez congelar por um instante.

Um chute no portão de ferro, lá fora. Marina se levantou em um salto. Olhou para a mobília velha do quarto e viu o laptop sobre a mesa. Fechou-o com um tapa e o enfiou no armário. Suas mãos tremiam. Pegou o violão, que era do pai.

— Desculpe por te envergonhar tanto — disse, enquanto escondia o instrumento.

Correu até a cozinha, onde havia uma porta que dava para a lavanderia. Ali estavam as paredes sem acabamento, a máquina de lavar à direita, perto da janela, de onde via os fundos da casa, fechada com a ajuda de pedaços de madeira improvisados, o gavetão com rachaduras e a prateleira. Sobre essa última, encontrou o kit de primeiros socorros, que era, na verdade, uma caixa de sapato cheia de medicamentos e itens para tratar machucados. Verificou se estava tudo ali. Precisaria mais tarde.

Marina ouviu outro grito, dessa vez mais irado. Apressou-se.

À sua frente, a porta que dava para a garagem, com dois degraus para baixo. Estava aberta. Viu uma parte do carro estacionado. Também a parede de tijolo à vista e o chão de cimento cru da casa inacabada. Puxou o ar pelo nariz e soltou pela boca, como se estivesse se preparando para uma aula de yoga, e não para a briga.

Desceu a pequena escada. Estava em uma extremidade da garagem. Até a outra, tinha uns quinze metros. Era onde terminava a casa de Marina, com o portão de ferro. A garagem era um retângulo largo, com armários grandes de madeira maciça do lado direito e janelas que mostravam a sala, do lado esquerdo. Mesmo com o carro estacionado no canto perto da porta da lavanderia, Marina ainda tinha muito espaço para se movimentar. Por isso não deixava o ex-namorado passar daquele ponto. Em um lugar menor, as chances de tomar uma surra aumentariam.

O ex-namorado tentava escalar o portão de ferro. Riu, tensa, ao ver que ele usava o antigo uniforme de policial. Puxou o ar pelo nariz e soltou pela boca. Puxou o ar pelo nariz e soltou pela boca. Flexionou os joelhos, como uma boxeadora. Tremia. Esperou.

— O braço, abaixe. O braço, abaixe — falou para si mesma.

Ele já caminhava na direção dela, os passos lentos de um urso ferido. Balbuciava um idioma demoníaco enquanto ela calculava o espaço que tinha para circular. Para não ficar encurralada perto da parede, correu até ele. O homem puxou para trás o punho fechado, como se estivesse dando carga, apontado para ela. A mandíbula de Marina travou, os olhos umedeceram.

— O medo não te ajuda. O braço, abaixe. Abaixe, Marina. Só abaixe — ela sussurrou.

Ele largou o braço e o punho veio para cima dela. Marina abaixou e desviou do soco. Passou por baixo e parou atrás do ex-namorado. Ele virou, as pernas se trançando, e gargalhou com deboche.

— Vagabunda.

Preparou outro murro. Avançou contra ela. Arrastava o corpo como se estivesse preso a uma baleia morta. Marina se agachou, deslizando por baixo do braço dele. No entanto, outro soco veio mais rápido do que ela calculou. Rolou no chão para que ele não a acertasse no rosto.

Ofegante, ele apoiou as mãos nos joelhos e fez sons com a língua embolada. E, como se tivesse ganhado energia, arrancou na direção dela, as mãos no ar, tentando agarrar seu pescoço.

Espremeu Marina contra a parede, suas costas se ralando nos tijolos gelados. Conseguiu segurá-la e, rindo, forçou um beijo. O asco a contorceu inteira.

Marina cravou os dentes no lábio inferior do homem e ele urrou, dando tapas em sua cabeça. Só largou quando sentiu gosto de sangue. Cuspiu. Ele foi para trás, segurando o rosto, e a encarou furioso, o queixo ensanguentado. O ferimento diminuiu a velocidade dele, e Marina correu até o outro lado da garagem. Subiu no carro. Ajoelhou-se. Quando ele se aproximou com as mãos no ar, para agarrá-la pela cintura e tirá-la lá de cima, ela apertou a cabeça dele com as mãos, os dedos esmagando o escalpo, e a puxou para baixo, soltando um grito para dar força ao golpe. O crânio quicou na lataria como se fosse uma bola, fazendo um estampido seco. E o ex-namorado caiu no chão.

Marina fechou os olhos e escorregou para o capô, ensopada de suor. Suas costas tocaram o metal frio e a sensação foi boa. Chacoalhou a cabeça como se checasse as engrenagens, tocou a boca com as costas da mão e viu sangue que não era seu na pele dos dedos. Não tinha sido um grande estrago. Foi até o bolso do ex-namorado e pegou o celular. Tentou a senha que conhecia. O aparelho destravou. Procurou pelo registro "A morte começa aqui" e clicou.

— Marcondes.

Ela cuspiu o sangue do ex e disse:

— Pode vir pegar o seu amigo. Parece que ele rasgou a boca com uma garrafa de novo.

— Já sabe o que vai acontecer se prestar queixa.

— Só venha de uma vez. — Desligou e jogou o celular sobre a barriga dele, que escapava para fora da camisa do velho uniforme, o qual tinha os botões abertos e estava ensopado de conhaque. A boca borrada de sangue, como um zumbi abatido durante a refeição.

Marina descansou a cabeça no para-brisa e respirou devagar. Não chorou. Olhou para o homem no chão. *Cretino*. E cuspiu de novo, com nojo do gosto dele. Chutou-o na perna. Passou as costas da mão pela boca e caminhou para fora da casa.

Deixou o portão de ferro aberto e andou uma quadra na rua sem saída. Parou na calçada, na entrada de um vizinho, e se agachou no escuro. A viatura à paisana estacionou, os policiais entraram e saíram minutos depois, carregando o que sobrara do ex-colega de profissão.

De volta à casa, Marina tomou um banho e tratou os machucados. Rolou na cama por duas horas e finalmente dormiu, agitada, falando durante o sono. O relógio despertou às cinco da manhã. Acordou exausta. Pronta para sair, olhou o crachá de trabalho. Seu nome, seu cargo — jornalista — e o logo da empresa que gerenciava o aeroporto de Curitiba. Sorriu, debochando da própria vida.

— Marina, você está há três dias em cima desse texto. Por que não termina de uma vez?

Era o chefe gritando para toda a redação da assessoria de imprensa. Marina o olhou como se ele estivesse falando outra língua, como se, de tanto repetir a mesma coisa, o discurso tivesse perdido o sentido.

— De qual texto ele está falando? — sussurrou para si mesma.

Mordia a ponta da caneta e olhava para o roteiro que estava tentando escrever no Final Draft. Relia mentalmente a última frase que tinha escrito.

Era madrugada e o celular vibrava no bolso, obrigando-o a decidir sobre ela.

O cursor piscava ao lado do ponto-final. Marina deu dois cliques no mouse em uma pasta. Abriu uma foto dos pais. Na imagem, ela e a irmã gêmea abraçavam o casal. Sorriu, olhando para o homem e a mulher. Então olhou para a pessoa fisicamente idêntica a ela e seu rosto escureceu. Fechou a foto e empurrou o mouse para longe.

— *A senhora assinou os documentos do empréstimo. Era a sua identidade.*
— *Como eu posso ter assinado documentos de um empréstimo de trezentos mil se estava enterrando os meus pais? Não era eu.*
— *Por favor, tente se acalmar. O meu gerente disse que recebeu a senhora, com a sua identidade, com os seus dados. A assinatura também bateu.*
— *Foi a minha irmã gêmea. Que droga de banco é esse que não verifica se há alguma falsificação de documentos?*
— *Eu entendo o seu desespero, mas não podemos fazer nada se a senhora não tiver provas de que uma pessoa parecida com a senhora...*
— *Não é uma pessoa parecida comigo, é a droga da minha irmã gêmea! Ela me deu um golpe! No dia da morte dos nossos pais!*
— *Ela se passou pela senhora para fazer um empréstimo. Por favor, se acalme, senão vou ser obrigada a chamar a segurança.*

Marina suspirou, cansada. Fez um movimento com a cabeça para relaxar o pescoço e olhou a sala em volta. Não havia mais ninguém. Anoitecia lá fora. Pegou a bolsa e saiu.

Caminhando pelo amplo corredor, ouviu as chamadas para os voos saindo pelas caixas de som e tapou os ouvidos, revirando os olhos. Entrou no banheiro para funcionários. Era mal iluminado e os azulejos tinham um aspecto engordurado.

— Acho que nunca limpam isso aqui.

Aproximou o rosto do espelho, cheio de marcas de dedo, para checar o ferimento. A boca estava inchada. Puxou o lábio para ver o corte interno. Não lembrava em que momento o ex-namorado a tinha acertado ali.

— Babaca.

Deu uma batida leve com a testa no espelho e encarou a pia. Ficou desse jeito por um tempo que não viu passar.

Quando levantou o olhar, um movimento estranho na última cabine a fez se virar.

— Olá?

Não teve resposta. Olhou para o espelho novamente e viu um pequeno arranhão próximo da orelha. Chegou mais perto, o dedo esticando a pele para que pudesse ver melhor o corte. O reflexo de um vulto a paralisou. Na mesma divisória de antes.

— Quem está aí?

Estava escuro lá fora. As lâmpadas fluorescentes zuniam e oscilavam. O coração de Marina acelerou. Pegou na bolsa um alicate de unha e o abriu, a parte afiada pronta para machucar. Caminhou até a última cabine, os passos leves, os joelhos flexionados, a respiração entrando e saindo devagar, calculada para ser ainda mais silenciosa.

— Por que eu simplesmente não corro, como qualquer pessoa normal? — falou bem baixinho, conversando consigo mesma, na tentativa de se acalmar. Uma gota de suor escorreu de sua têmpora.

Aproximou-se e paralisou diante da porta. Havia um homem asiático tentando se esconder, escorado na parede de azulejo, uma expressão de pânico estampada no rosto. Marina estreitou os olhos, curiosa, e abaixou o alicate de unha. Nunca tinha visto um homem como aquele.

2

*"Eu encontrei você. Finalmente encontrei.
Eu a reconheci muito tarde. Deveria
ter encontrado você muito antes."*

"찾았다. 드디어 찾았네. 내가 널
너무 늦게 알아봤어. 내가 널
더 빨리 찾았어야 됐는데."

— *She Was Pretty*
그녀는 예뻤다

O asiático respirava rápido, e os músculos do pescoço e do trapézio repuxavam, desenhados, definidos. As saboneteiras escapavam da roupa e delimitavam um oásis perto do pescoço, fundo, capaz de armazenar água. Foi a primeira coisa que Marina viu.

Em seguida, notou a blusa de lã preta e larga, rasgada como se ele tivesse atravessado uma cerca de arame farpado. Podia ver muito da pele branca, cor de creme batido, que deixa um gosto doce na boca. A calça jeans também tinha rasgos, e as coxas, alvas como gesso, estavam expostas. Um corte sangrava em sua testa. O cabelo preto e liso escorria como tinta fresca, cobrindo os olhos puxados. Podia ver o brilho deles, arregalados, por entre os fios. Deviam ter mais ou menos a mesma idade, vinte e seis anos.

— O que aconteceu com você?

Ele estava visivelmente atemorizado. Os lábios grandes, úmidos, estavam separados para que mais ar circulasse. Os dedos que saíam das mangas compridas agarravam o azulejo. Estava sujo de terra e encharcado. Ainda assim, era como se guardasse asas embaixo da roupa.

Em cada orelha, usava uma argola prateada do tamanho de uma aliança. O coturno escuro também chamou atenção, já que era um dia quente.

— Você não é daqui, é?

Ele disparou a falar. Mas que idioma era aquele?

— Você é japonês? Chinês?

Havia cortes nas pernas dele. Olhava para Marina como se ela pudesse machucá-lo. Ela ameaçou se mover, e o homem, ágil, saltou sobre a tampa do vaso em posição de ataque. Seu corpo, em pé, descompassou a respiração de Marina. Talvez fosse o homem mais bonito que ela já tinha visto. Abaixou a cabeça para se organizar, estranhando a própria dificuldade de se concentrar. Levantou as mãos, pedindo calma.

— Você fala português? *English?*

Ele ficou em silêncio. O som da respiração aumentou. Os olhos puxados, agora grandes e expressivos, eram os mesmos de um animal que saiu vivo de uma luta com um predador. Ela mostrou as mãos de novo e balançou a cabeça. De repente, a porta do banheiro se abriu com um soco e dois homens de gravata entraram, anunciando:

— Estamos entrando, situação de emergência.

Marina falou entredentes:

— Estou tão cansada de gente truculenta.

O asiático se abaixou, revezando o olhar alerta entre a desconhecida e a direção de onde vinham as vozes. Se os homens avançassem mais, veriam o intruso. Marina franziu a testa. Ele estava fugindo para não ser machucado. Ela sabia o que era estar vulnerável. Por isso, simplesmente agiu.

— Ei! Este é o banheiro feminino — protestou.

— Nós recebemos uma denúncia de que um oriental foi visto na pista do aeroporto, machucado. Estamos fazendo uma busca.

— Ah, é? — Marina falou, casual, andando em direção à cabine em que ele estava escondido. Fechou a porta e sinalizou para que o asiático não fizesse barulho. Continuou conversando num tom despreocupado. — Desculpem, mas quem são vocês?

— Imigração.

Abriu o zíper da calça, para que eles ouvissem.

— Entendi. Alguma chance de primeiro me deixarem fazer o que eu ia fazer quando vocês entraram? Vocês poderiam fiscalizar outros lugares enquanto isso. É que talvez demore um pouco aqui. — Ela falava olhando para o asiático, que parecia compreender o que estava acontecendo. — Eu prometo que chamo vocês caso algum vietnamita suspeito apareça.

— Não sabemos se ele é vietnamita — um dos homens falou enquanto o outro se agachava para espiar embaixo da porta. Viu somente os pés de Marina. — Seria importante que a senhora fizesse isso, já que a denúncia que recebemos diz que ele tentou atacar dois funcionários na pista.

— Contem comigo. Agora podem me dar licença? Estou só esperando vocês saírem para...

O barulho da saída deles a interrompeu. Esperou um pouco. Abriu uma brecha na porta da cabine e espiou. Não havia mais ninguém. Saíram.

— A gente tem que sair daqui. Mas não desse jeito. — Ela o analisou. — Vai chamar muita atenção.

Então pegou o celular e discou um número.

— Oi, Cami, tudo bem? É a Marina. Menina, aconteceu um pequeno contratempo comigo, será que você podia me ajudar? Eu preciso de uma camiseta. Masculina. Pode ser qualquer uma do seu quiosque, a mais baratinha. Eu juro que te pago depois. Você pode trazer aqui no banheiro para mim? É que eu não posso sair — cochichou. E começou a empurrá-lo de volta para a cabine. — Se não fosse tão constrangedor, eu juro que explicaria. Um dia, quando eu tiver coragem, te conto o que houve. Puxa, muito obrigada, você me salvou. Ah!

Aproveita e traz aquele chapéu preto que eu estava paquerando, você ainda tem, não tem? Ótimo. Beijo.

Sinalizou para que o homem subisse na tampa do vaso novamente e se trancou com ele lá dentro. Alguns minutos mais tarde, ouviu alguém entrar. O asiático arregalou os olhos, assustado, e Marina voltou a pedir que ele não fizesse barulho.

— Marina, eu não quero nem saber o que você vai fazer com essa camiseta. Cadê você, sua idiota?

— Nem queira mesmo. Aqui. — E levantou o braço.

— Pega isso de uma vez. — A amiga lhe estendeu a roupa e o chapéu por cima da divisória. — Eu vou embora, deixei o quiosque sozinho. *Só para vir aqui.* Você está me devendo, sua louca — Cami gritou já de fora do banheiro. Em seguida, Marina ouviu o barulho da porta se fechando.

Deu a camiseta e o chapéu para o estrangeiro. Ele se trocou. Jogou a blusa de lã rasgada no lixo embaixo das pias.

Apressada, Marina tirou folhas de papel-toalha do suporte e as umedeceu. Ia limpar a ferida na testa dele, mas o asiático se afastou quando ela fez menção de se aproximar. Segurou o braço dele delicadamente, preocupada em não o assustar ainda mais, e o puxou para perto de novo. Pressionou o indicador contra os lábios, pedindo silêncio, e o encarou com um olhar amistoso. Assentiu com um movimento de cabeça, para dizer que queria ajudá-lo. O gesto pareceu tranquilizá-lo.

Então Marina colocou a mão na testa dele, cuidadosa. Levantou o cabelo preto para avaliar o corte. E viu de perto os olhos puxados. Algo neles a algemou. Tinham lágrimas acumuladas e estavam exaustos, buscando os dela como se implorassem que Marina fosse um abrigo. Ele estava completamente no escuro. Uma lágrima escorreu por seu rosto de traços suaves enquanto ele ainda a encarava. O papel umedecido paralisou sobre o ferimento. A doçura de quem pede para ser protegido arrombou o peito de Marina. Queria falar, mas a voz embargou. Recompôs-se e terminou de limpar o machucado, evitando os olhos puxados, e fez sinal para que ele a seguisse.

Marina abriu a porta do banheiro e checou o corredor. Mostrou a palma da mão e reafirmou, com um gesto de cabeça, que ele podia confiar nela. Ele segurou sua mão e os dois saíram em passos acelerados. Na área de desembarque, a caminho do estacionamento, passavam pelas esteiras rolantes de bagagem quando viram os dois homens da imigração. Marina abaixou o chapéu do estrangeiro, para esconder mais o rosto oriental, e o arrastou para o meio das pessoas que aguardavam as malas. Abraçou-o pela cintura, como se fossem um casal, e escondeu o rosto em seu pescoço. O cheiro era como se terra tivesse sido misturada ao perfume masculino. Marina deu um pequeno sorriso intrigado.

Viu por cima do ombro dele os funcionários se afastarem. Na saída da área de desembarque, enxergou mais seguranças em alerta, procurando por entre os passageiros.

— Droga.

Segurou a mão dele e voltou para o corredor de onde tinham vindo. Topou com um segurança.

— Marina? — O homem grande se assustou. — Está com pressa?

— Ah, Eduardo, oi. Estou mesmo. — Tentava parecer calma, mas o rosto já estava vermelho.

— E esse, quem é? Por que ele está sujo de sangue? — O segurança mediu o homem de cabeça baixa ao lado dela.

— Ah, ele? Não é ninguém. Eduardo, preciso ir.

E saiu apressada.

— Marina? — o segurança chamou. — Ei, Marina.

— Desculpe, Eduardo, nos falamos outra hora!

Marina começou a correr e olhou para trás. O segurança falava no rádio e já acelerava o passo para persegui-los. Na praça de alimentação, ela correu até uma lanchonete e entrou atrás do balcão com o oriental. Uma mulher de avental, alta e forte, de traços alemães, que ajeitava pasteizinhos em uma estufa, sorriu ao vê-la, porém ficou séria e confusa assim que Marina se agachou com um desconhecido ao lado das pernas dos funcionários.

— Bebeu, garota? — A atendente jogou um pano de prato sobre o ombro. — E quem é essa coisa linda com você? Olá, tudo bem, meu anjo? — Ela sorriu para o asiático. — Eu sou a...

— Jane, olhe para a frente, por favor — Marina cochichou, quase uma ordem, e a conhecida obedeceu. — Continue atendendo e finja que eu não estou aqui. Quando o Eduardo passar, me avise.

— O que você aprontou agora? — a mulher disse entredentes, sorrindo para uma cliente com ares maternais.

— Talvez algo ilegal, ainda estou avaliando.

A atendente revirou os olhos e continuou trabalhando. O segurança chegou à praça de alimentação. Com o canto dos olhos, a funcionária o observava procurar entre as mesas.

— O Eduardo está logo ali — falou baixinho. — E está te procurando.

O homem andava apressado, olhando o rosto das pessoas.

— Mais um pouquinho... — a funcionária resmungou.

Não encontrando o que queria, ele se virou e foi embora.

— Pode sair.

Marina levantou, mas empurrou o asiático pelo ombro, para que ele permanecesse abaixado.

— Conseguimos sair pelas docas daqui da lanchonete?

— Estão em reforma, não estamos tendo acesso por lá esses dias.

— Como eu chego no estacionamento?

— Pela porta de saída, oras.

— Sem ser vista, Jane.

— Ah, com essa reforma? Só pela livraria.

— Mas é muito longe!

Um chamado interrompeu a conversa:

— Ei! Marina!

Era Eduardo se aproximando. Corria com o rádio comunicador na mão. Ao vê-lo, Marina empurrou o estrangeiro com as pernas para esprimê-lo contra o balcão. Pegou um bolinho da estufa e o rasgou com a mão.

— Encontrei — o segurança falou no rádio. — Cadê aquele homem que estava com você?

— Na enfermaria, eu acho. Por quê? — Ela colocou um pedaço na boca, conversando de maneira relaxada. — Era um jornalista. Estava levando ele até...

— Pela mão?

— Ah, ele era gatinho. — Marina piscou.

— Um jornalista de camiseta de surf e chapéu?

— Ele é do litoral — falou enquanto mastigava. — Está na cidade para fazer uma matéria especial sobre o aeroporto, ok? Somos o melhor do Brasil de novo, Eduardo. Você não soube?

— Ele estava sangrando.

— Ah, sim, teve esse pequeno incidente. — Mordeu mais um pedaço do bolinho. — Ele se cortou. Gatinho, mas um pouco idiota. — E riu, como se estivesse bem-humorada. — Aliás, eu estava levando ele para a enfermaria, por isso estava com pressa. Mas por que você está tão tenso?

— Não é nada. — Ele a mediu, desconfiado. — Jane, se você vir alguma coisa, me avise — disse sem tirar os olhos de Marina. E saiu.

— Ele não vai demorar para descobrir que você mentiu. — A funcionária, irritada, tirou o último pedaço de bolinho da mão de Marina. — E isso não era para você. Quem é esse cara, hein, Marina? — E, com um sorriso malandro no canto da boca: — Está ficando com fugitivo agora, é?

Marina não ouviu o que ela disse. Analisava o tamanho da amiga, alta e grande, e fazia contas mentalmente.

— Vai servir. — Parou atrás da atendente e puxou a jaqueta jeans dela.

— Ei, o que você está fazendo? Eu vou ficar com frio por causa do ar-condicionado.

— Juro que depois te devolvo. — Beijou a atendente no rosto. — Obrigada, Jane.

Jogou a jaqueta para o asiático, que a vestiu imediatamente. Andavam rápido, Marina com a mão nas costas dele, atenta à movimentação. Um estampido e eles deram um pulo, assustados. Dois pedreiros tinham deixado cair um tubo de ferro. Seguiram apressados até a escada rolante. Ela viu um segurança pegar a escada lá embaixo para subir. Cruzariam com ele em alguns segundos. Olhou para o estrangeiro, apontou para as botas que ele usava e o tocou no ombro, para que ele se abaixasse. O asiático fingiu amarrar os sapatos, ela virou de costas para as pessoas que subiam pela escada paralela e respirou aliviada ao ver o homem de terno alcançar o piso sem notá-los.

Saltaram da escada e andaram rápido pelo corredor. Marina avistou a livraria. Havia dois seguranças em frente à entrada e outros dois se aproximavam da loja. Ela bloqueou o corpo do asiático com o braço para que ele parasse. Escoraram-se na parede. Ela olhou em volta. Viu o alarme de incêndio alguns metros à esquerda.

— Então eu vou mesmo fazer isso — disse, conversando consigo mesma. Suspirou, incrédula. O asiático a encarava. Algo nos olhos dele prendeu o ar de Marina no peito. — Ok, Marina. O que você não faz por homens gatos em fuga...

Lançou um olhar ao asiático, correu alguns passos, abriu a caixinha de vidro e apertou o botão vermelho sem que ninguém visse. O alarme soou pelo aeroporto e Marina se encolheu, surpresa com o volume. Checou os seguranças. Não estavam mais ali. Agarrou a mão do estrangeiro e os dois entraram na livraria. Os gritos das pessoas se misturavam ao som da correria. Ela apertou o braço de uma vendedora:

— Como eu chego nas docas?

— O quê? — A funcionária parecia desnorteada, vendo todos os clientes e vendedores correrem para a saída. — Meu Deus, o aeroporto está pegando fogo?

— As docas. Por favor!

— No caixa, é a porta ao lado da impressora. Por onde todos os funcionários estão saindo.

Correram até lá, Marina e o asiático atrás da moça. Entraram e seguiram pelo corredor sujo e úmido até alcançarem a saída, misturados à equipe da livraria. Empurraram a porta pesada e Marina avistou o estacionamento. Os funcionários logo se dispersaram e estava tudo quieto de novo.

— Em breve isso aqui vai virar um caos. Melhor você ir de uma vez.

Mas ele não se moveu. O brilho do medo nos olhos puxados atravessava os cabelos escuros. Ele olhava para os lados, a expressão assustada de quem não fazia ideia de para onde ir.

Marina reparou nele por um instante. O visual rock'n'roll gerado pelas argolas prateadas nas orelhas e pelas calças rasgadas. A boca rosa e hidratada. O corpo sujo e, mesmo assim, atraente. O peito subindo e descendo, igual ao de um pássaro sob ameaça. Foi a ingenuidade no rosto dele que a lembrou por que tinha decidido ajudá-lo. E, de novo, Marina pediu que ele a seguisse. Ele fez uma reverência, no costume dos orientais, e os dois correram até o carro.

3

"Por que você simplesmente não experimenta? Como eu fiz hoje, quando apenas te contei o meu segredo."

"그냥 해보지. 내가 오늘 너한테 그냥 훅 내 비밀을 말해버린것처럼."

— *It's Ok, That's Love*
괜찮아 사랑이야

O carro estava parado no semáforo vermelho. Marina batia os dedos no volante, inquieta. Virou o rosto, tentando ser discreta, para checar o passageiro. As luzes da cidade entravam pela janela e davam ao corpo dele cores como turquesa, lilás e amarelo-claro. Era como se Marina estivesse espiando pela fechadura de um conto de fadas que se passa em um mundo distópico. Ele mantinha a cabeça baixa. O cabelo cobria os olhos e parecia alumínio na parte de cima, refletindo tons de azul-marinho. Os ossos da clavícula brilhavam feito marfim, e os lábios, sob a iluminação artificial dos prédios, eram como um mineral lapidado.

Os carros começaram a buzinar, e só então Marina se deu conta de que o sinal estava verde.

Estacionou na garagem de casa e desligou o motor. O asiático continuava imóvel. Ela ensaiou encostar nele para demolir a impressão de que sua mão o atravessaria, como se ele fosse uma miragem. Em vez disso, passou o braço por cima dele e abriu a porta, indicando que descesse. Ele olhou para fora com cuidado, avaliando, como se a garagem da casa de Marina fosse uma armadilha, e só então saiu do carro.

Entraram na casa e o que ele fez foi permanecer no meio da sala, sem ação, os olhos desconfiados examinando o ambiente. Marina cruzou os braços, perdida, como se tivesse acabado de se dar conta do que tinha feito. Tinha trazido um homem desconhecido, que nem sequer falava sua língua, para dentro de casa.

— Eu devo estar mesmo entediada...

Ela então notou que os dois estavam sujos. Bateu na própria roupa para tirar a fuligem das docas. Tímida, parou ao pegá-lo olhando o que ela fazia. Convidou-o para ir até a cozinha.

Parou em frente à geladeira e, sob a observação curiosa do estrangeiro, simulou levar um garfo à boca e fez um som de pergunta. Ele fez outro som com a garganta, concordando. Marina lavou as mãos na pia, abriu a geladeira, pegou um pote de plástico e jogou macarrão com molho branco e frango em uma panela. Enquanto mexia a comida, de vez em quando analisava o visitante. Como se fosse de pedra, ele fitava a madeira da mesa sem fazer nenhum movimento, as mãos entre as pernas, o cabelo úmido sobre a testa. Então uma lágrima correu pelo seu rosto. Marina desviou o olhar.

Colocou o prato sobre a mesa. O convidado inspecionou a refeição e então encheu a boca. Seis garfadas e havia terminado. Ela serviu mais. A camiseta que ela tinha pegado do quiosque da amiga vendedora já estava molhada de suor. No pescoço dele, o pó, misturado à transpiração, havia assentado entre os músculos, que repuxavam toda vez que ele engolia. O cabelo continuava escorrido, como se não tivesse a habilidade de embaraçar. As calças estavam sujas de uma pasta cor de vinho, do sangue que havia se misturado com barro. Ele precisava de um banho e de curativos.

— Você está machucado.

O estrangeiro mastigava e analisava Marina por entre os cabelos emplastados, sem entender o que ela tinha dito. Ela arregaçou a manga e mostrou a ele um hematoma no próprio braço, o mais recente que tinha ganhado do ex-namorado. Apontou para a mancha roxa com pontos marrons e então para o sangue na roupa dele. Mas ele protegeu o machucado e voltou a fitar o prato. Ela saiu por um instante e reapareceu com uma toalha, camiseta e calça jeans.

— Meu pai não vai ligar. Ele morreu. Há um ano. Eu sempre fiquei na dúvida se devia doar essas coisas ou não. Enfim, você não está me entendendo, então... — E sorriu com tristeza, entregando a ele as roupas limpas.

Mostrou onde ficava o banheiro. Ele pareceu em dúvida se entrava ou não, segurando a toalha com um dos braços, o olhar apreensivo.

— Não gosta de banho? — ela brincou, mas se achou boba em seguida, porque o asiático a encarava com um ponto de interrogação no rosto. Ele assistiu a Marina ligar a água do chuveiro e esperar esquentar.

Ela sorriu, educada, e saiu. Sentou no chão do corredor e mexeu nos cabelos:

— O que é que eu estou fazendo?

Depois que terminou o banho, ele voltou para a cozinha e se sentou na cadeira, quieto, como se fosse um prisioneiro e não um convidado. Foi a vez de Marina tomar um banho rápido. Quando saiu, viu que o asiático continuava na cozinha, usando as roupas emprestadas, na mesma postura submissa. Ela notou um pano rasgado e sujo amarrado em volta do braço direito, perto do cotovelo. Era um pedaço da camiseta que ele estava usando antes.

— Sorte sua que eu me machuco com frequência.

Buscou a caixa de sapato com medicamentos na lavanderia. Ameaçou tocar o pano sujo para limpar o curativo, mas ele puxou o braço, desconfiado. Marina mostrou a palma das mãos e balançou a cabeça em negativa. Então fez uma segunda tentativa, dessa vez mais devagar. Segurou o tecido, olhou-o buscando aprovação e desfez o atado.

Era um corte grande, mas não parecia profundo. Começou a falar nacionalidades em inglês, enquanto passava um algodão com antisséptico sobre o machucado.

— *Chinese? Vietnamese? Thai?*

Ele não reagia.

— *Japanese? Philippine?*

O estrangeiro a olhava, confuso. Até que ela disse:

— *Korean?*

Ele piscou algumas vezes e franziu as sobrancelhas. Marina esperou. O asiático repetiu a palavra em inglês. No sotaque dele, era quase incompreensível.

— *Korean?* — ela perguntou de novo e ele confirmou. — *South Korean?* — O visitante assentiu com um gesto de cabeça.

— Ok, pelo menos isso você entendeu. Vamos tentar outra coisa. *Ma-ri-na* — falou devagar, com a mão no próprio peito. — Marina. — Então apontou para ele e fez um som com a garganta que indicava pergunta.

— *Oh. Kim Joo So.* — Sua voz quase não saiu.

— Kim Joo So?

Ele balançou a cabeça, concordando, e Marina ofereceu a mão para um aperto. O estrangeiro examinou os dedos dela e só então correspondeu ao cumprimento.

— Você é bonito, Kim Joo So. — Marina sorriu, excessivamente simpática. O coreano continuou olhando para ela, como se tentasse decifrá-la.

Kim Joo So era alto, então ela calculou que o sofá ficaria apertado. Tirou os assentos e os enfileirou no chão. Colocou travesseiros nas extremidades, para aumentar o comprimento da cama improvisada, e cobriu tudo com lençóis. Mostrou a ele, tentando explicar que era ali que dormiria.

— *Komapseumnida* — ele falou alto, ao mesmo tempo em que se curvava.

Ela se assustou, ainda não tinha ouvido a voz dele tão claramente. Era grossa e um pouco rouca. Marina imitou o gesto, depois foi para o quarto. Encarou a fechadura por alguns segundos, decidindo-se, e por fim trancou a porta.

∽

Fazia três dias que Marina acordava antes do despertador. Pulava da cama duas horas mais cedo, assustada com a lembrança de que havia um estranho na casa. Como nos dias anteriores, escutou o barulho de talheres e panelas antes de sair da cama. Ele já estava acordado. Ela trocou de roupa para ir trabalhar e, quando chegou à cozinha, encontrou a mesa posta. Tudo estava limpo. No escorredor, a louça lavada formava um jogo perfeito de Tetris. E para o café, em vez de pão, manteiga ou omelete, havia arroz, legumes e frango, separados em potes de sopa, boiando em um caldo ralo. Marina piscou várias vezes. Fez uma careta para aquela refeição. Corrigiu-se ao ver que o coreano admirava o que tinha preparado, como se aquele tipo de comida realmente fizesse sentido no início do dia.

— Meu Deus, você não entende nada de café da manhã.

Sem usar palavras, Kim Joo So pediu que ela se sentasse. Marina o fez, um tanto resignada. Investigava o prato, tentando descobrir se poderia morrer ingerindo comida de almoço àquela hora da manhã. Ele, por sua vez, enfiava arroz na boca até lotar, para só então começar a mastigar. Marina achou graça, mas disfarçou. Demorou a dar a primeira colherada.

— Ok, eu admito. Isso aqui está bom. — O coreano parecia curioso sobre o que ela tinha achado. Marina fez um gesto de aprovação e o visitante sorriu, tímido e orgulhoso.

Comeu mais relaxada, soltando sons de indagação quando encontrava algum tempero interessante. Quando terminou, Kim Joo So já lavava a louça.

— Na próxima, se você quiser arriscar um contrafilé em vez de coisas boiando em água temperada, não vou me importar. — E acenou, para dizer que estava saindo.

O estrangeiro retribuiu. Parecia mais à vontade, demonstrando gratidão sempre que podia. Marina foi trabalhar e não percebeu que sorria enquanto dirigia.

No aeroporto, foi abordada pelo colega segurança logo no saguão. Estava com a cabeça longe, por isso não o viu se aproximar. Se tivesse visto, teria dado um jeito de evitá-lo.

— Não achamos o asiático — ele disse, sem disfarçar a suspeita que tinha da colega.

— Você ainda está procurando, Eduardo? Isso foi há dois dias.

— Três. Não consigo entender como perdemos aquele cara. Eram trinta contra um.

— A denúncia devia ser falsa. — Deu uma piscada espertinha e seguiu caminhando.

— Mas quem fez a denúncia foram funcionários do aeroporto. — O segurança andava ao seu lado. — Por que mentiriam?

— Porque estavam entediados? — Marina acelerava o passo, mas Eduardo não tinha problemas em acompanhá-la.

— Ou talvez o asiático tenha recebido ajuda.

— Se ele existir mesmo, pode ser. — Ela falava com descaso.

— Tenho quase certeza de que ele recebeu ajuda para sair.

Marina parou de andar e pegou o celular na bolsa. Destravou o aparelho e virou a tela para o colega:

— E eu tenho certeza de que já são quase nove da manhã e estou atrasada.

Eduardo estreitou a vista olhando para a tela. Leu em voz alta:

— Os vários níveis de discurso no coreano?

Apressada, ela escondeu o aparelho atrás das costas.

— Do que você está falando?

— Tinha uma página aberta no seu celular — ele disse, apontando para o telefone atrás dela. — Andou encontrando algum coreano, Marina? Por que você precisava saber sobre isso?

— Ah, claro! Você está falando da página aberta no meu celular... — E prolongou uma risada forçada de quem precisa ganhar tempo para pensar. — Claro, isso aqui é... uma pesquisa que eu estou fazendo para o meu novo roteiro.

— Roteiro? Mais um que provavelmente não vai sair do papel?

— Esse mesmo. — Sorriu, cínica. — É um roteiro em que... — Seus olhos buscaram o teto. — Em que um escritor resolve criar um personagem coreano e precisa pesquisar tanto sobre a cultura coreana que... — estalou os dedos, empolgada — ... acaba virando um.

— Um o quê? — O segurança cruzou os braços, aborrecido.

— Um coreano.

Ele abriu mais os olhos, como se perguntasse se aquilo era sério.

— E, só para o seu conhecimento, caso apareça mais algum asiático por aqui e ele seja da Coreia, é importante aprender a diferença entre os níveis de discurso coreano se você não quiser soar grosseiro ao conversar com um nativo. Sabia disso? Que o coreano tem níveis de discurso? — Marina segurava o queixo, como se discorresse sobre o assunto mais interessante do mundo. Já Eduardo estava animado como se ouvisse a garota falar sobre uma muda de planta que cultivava dentro da orelha. — Os três principais níveis de discurso são: formal, polido e informal.

— Formal e polido não são a mesma coisa?

— Na prática, o que muda é o final dos verbos, dependendo da idade e da posição social da pessoa com quem se está conversando. Falar de maneira informal com um desconhecido, por exemplo, vai soar mal-educado e pode te causar problemas. Além disso...

— Marina? — O homem de terno esfregava os olhos.

— Sabia que geralmente os nomes coreanos são compostos por duas ou três sílabas e que cada uma tem um significado? A primeira sílaba é o sobrenome da família. Já a segunda e a terceira formam o nome da pessoa.

— Você não estava atrasada?

— Nossa. — Ela colocou a mão sobre a boca, fazendo o estilo mocinha ingênua ao ver as horas no celular. — Eu não acredito que você me segurou aqui todo esse tempo! Bem, posso te contar tudo sobre isso mais tarde. O que acha? Podemos almoçar juntos, se você estiver livre.

— Claro. Em 2050 eu estou bem livre — resmungou o segurança, já de costas para ela, voltando para perto dos guichês das companhias aéreas.

Marina deu uma risadinha forçada como resposta ao comentário. Segurou a respiração até sumir entre os passageiros, longe do colega de trabalho. Só aí liberou o ar dos pulmões.

~

Duas semanas haviam se passado e a convivência com o coreano estava mais fácil, como se eles se encaixassem. A limpeza da casa ainda a surpreendia. O chão parecia de outra cor, a estante de livros aparentava ter sido comprada havia poucos dias, a arrumação das almofadas sobre o sofá tinha ganhado uma lógica, e as marcas de copo tinham sumido do vidro da mesa. Ele fazia tudo em silêncio, o semblante sereno, e apenas observá-lo já a tranquilizava. Às vezes Marina sorria antes de dormir, como se saber que ele estava no cômodo ao lado fosse suficiente. Desde a morte dos pais, ela não havia se dado conta de como se sentia sozinha. Talvez por isso pesquisasse na internet todos os dias informações sobre o consulado sul-coreano, mas, sempre que pegava o telefone para ligar, desistia.

A língua ainda era uma barreira, mas eles haviam desenvolvido alguns códigos e criado uma rotina sem trocar uma palavra. Ele tomava banho somente nos horários em que Marina não estava em casa. O visitante ia dormir sempre no mesmo horário da anfitriã, como se achasse desrespeitoso manter-se acordado na casa de outra pessoa depois que ela já tinha ido deitar. O café, agora, era ela quem preparava. O jantar, ele. E todas as noites, assim que o ouvia abrir os armários para começar a cozinhar, Marina esgueirava-se até o corredor e se encolhia no escuro para espioná-lo. Deixava a luz do quarto acesa para ele pensar que era lá que ela estava.

Primeiro ele subia ainda mais as mangas da camiseta. Lavava os legumes — todos pareciam miniaturas em suas mãos.

Então passava água na faca e aí começava a picá-los. Marina mordia o lábio vendo os músculos do braço dele repuxarem a cada vez que executava um corte. O calor do verão e das panelas o fazia transpirar um pouco. Limpava a testa com o braço. Então acariciava a nuca para relaxar.

A partir daí, a espera era torturante.

Os olhos de Marina não piscavam, para não perder o instante. Às vezes demorava um pouco, mas, quando acontecia, valia a espera. O momento em que So segurava a barra da camiseta e a levantava, para refrescar o abdome. Marina escorregava as costas na parede, até cair sentada no chão, com os dedos puxando o lábio para baixo. Na primeira noite em que ele chacoalhou a camiseta, Marina soltou um som alto e abafado de susto e So ouviu. Ela correu para o quarto antes que ele a flagrasse espiando.

Quando sentavam para comer, ela elogiava a comida com um gesto de cabeça. So retribuía, inclinando-se para a frente. Isso também era rotina. Mas às vezes ele parecia segurar um sorrisinho. Como se soubesse que tinha sido observado enquanto cozinhava.

Marina comia devagar e repetia o prato, só para que o jantar durasse um pouco mais. A noite terminava com os dois na pia, organizando a limpeza juntos. O visitante era prestativo, como se não quisesse que ela o mandasse embora.

Uma noite, ela chegou mais cedo do trabalho. Procurou por So. As luzes estavam apagadas, e os cômodos, silenciosos. Não o encontrou em lugar nenhum. A casa estava impecável.

— Em vez de um bilhete, uma faxina de despedida. Cretino — Marina xingou, jogando a bolsa e o casaco sobre o sofá. Suspirou. — Eu não entenderia a droga do bilhete mesmo.

Mexeu nos cabelos, aborrecida. Não queria que tudo tivesse voltado tão ao normal.

— Banho. É disso que eu preciso. — E soltou dois botões da camisa.

Entrou no banheiro e trancou a porta. Ligou a luz e saltou para trás, surpresa. Kim Joo So estava lá. De toalha amarrada na cintura, o dorso molhado com os pingos que caíam dos cabelos lisos. Segurava a pia, como apoio, e seu olhar martelava Marina contra a parede. A pergunta "O que é que você está fazendo?" estacionada entre os lábios asiáticos. E os olhos puxados pregados nos dois botões abertos da camisa.

4

"Toda vez que eu vou até você, os meus problemas se tornam mais leves. Então como posso viver sem te ver?"

"너한테만 가져가면 내가 가진 모든 문제들이 가벼워져. 그렇니 어떻게 널 안보고 살아?"

— *Moon Lovers: Scarlet Heart Ryeo*
달의 연인 - 보보경심 려

— Marina? Marina!

Era seu chefe.

— Você está há uns quinze minutos parada aí nesse computador, passando os dedos na boca. Cadê o release sobre a nova pista do aeroporto?

— Ah, sim. Estou quase terminando. — Marina se ajeitou na cadeira e revirou os olhos quando o chefe não estava mais olhando.

— Você está terminando há três dias. Já tem as aspas do superintendente para a matéria, pelo menos? — gritou do outro lado da sala.

Ela segurou a caneta com os dentes, fuçando a gaveta em busca do bloco de anotações. Encontrou-o e levantou o caderninho no ar para o chefe ver. O homem já estava gritando com outro jornalista, que dava tapas no monitor velho para fazê-lo funcionar. Marina revirou os olhos mais uma vez. A imaginação foi longe de novo. Batucando a caneta sobre o bloquinho, resmungou:

— **Por que** eu entrei no banheiro ontem à noite? — E deixou a cabeça cair sobre a mesa, batendo a testa na madeira. Reergueu-se, decidida. — Dane-se, a casa é minha. Se eu quiser entrar no banheiro enquanto ele está tomando banho, eu entro. — Voltou a desmaiar sobre a mesa. — Droga, droga, droga.

Então jogou o corpo na cadeira, os braços caídos, a cabeça pendurada no encosto. De repente, endireitou o corpo e sorriu.

— Por que eu entrei no banheiro? — Fechou os olhos. Viu o dorso molhado com os pingos que caíam dos cabelos lisos. So segurando a pia como se quisesse levantá-la do chão, os músculos riscando os braços. Abriu os olhos. — Porque eu sou um gênio. — Ficou séria de súbito. — E muito carente.

Trabalhou no texto por dez minutos e foi para casa. Já estava escuro lá fora. Enquanto dirigia, o coração batia rápido. A respiração estava diferente. As cores da cidade, fortes a ponto de darem vertigem. O ar, rarefeito. Não via a hora de chegar.

Desceu do carro ansiosa, mas parou na porta. Arrumou o cabelo e entrou pela lavanderia. Lá estava So na cozinha, infelizmente vestido, encostado na parede, os braços cruzados. A mesa já estava posta.

Ele a esperava. E, quando não conseguiu mais segurar, So abaixou a cabeça para esconder que estava sorrindo. Marina notou que ele tinha encontrado novas roupas no armário do pai. Reconheceu as calças, agora rasgadas nos joelhos. Em uma das pernas, dava para ver uma boa parte da coxa pálida. Já a camiseta cinza, de uma marca de carro, estava um pouco justa. Especialmente nas mangas. Marina colocou os cabelos atrás das orelhas, olhando para aquele pedaço de tecido, que asfixiava os bíceps de So.

Ele insistiu que Marina se aproximasse. Sobre a mesa, macarrão, mas estranho, mergulhado em um molho aguado. Ela experimentou e fez uma careta por causa da pimenta. So achou graça. E eles sorriram um para o outro. Um desejo de conseguir se comunicar com ele fez Marina levantar. Pegou o celular do bolso e abriu a página de um tradutor online. Digitou a frase "Como você chegou aqui?".

— Eu sei que já tentei isso, mas juro que vou tentar ler melhor dessa vez.

Só então reparou em um pequeno alto-falante embaixo do box de tradução.

— Isto estava aqui o tempo todo? — falou sozinha.

Clicou sobre o símbolo e uma voz eletrônica recitou a frase: *Eotteohge yeogiesyeoss-eoyo?*

Marina comemorou. O estrangeiro levantou o olhar ao ouvir sua língua. Disparou a falar, a voz musical, o tom descendo no final de frases que terminavam em *cá* e *dê* e *gô* e *nidá*, sílabas soando como um solavanco.

— So, So. — Ela fazia uma negativa com a cabeça.

Ele se calou e retomou o jantar, o olhar desanimado. Marina rapidamente baixou um aplicativo de teclado coreano e em seguida lhe ofereceu o celular. Ao ver os caracteres na tela, ele sorriu como se estivesse com saudade do idioma. Os lábios dela se abriram um pouco quando viu que os cabelos pretos da franja balançavam conforme ele digitava.

Eu não sei.

As sobrancelhas devem ter entregado que ela esperava mais informação. So voltou a digitar.

Eu não sei. Eu caí na água. Eu saí e eu estou aqui.

Marina digitou "Água?" e apertou o alto-falante:

Mul?

E estendeu o celular para ele. So escreveu:

Rio Han. Seul, Coreia do Sul.

Do que é que ele estava falando? Ele digitou de novo:

Ele foi agredido no aeroporto.

Marina digitou "Quem?".

Nugu?

Eu.

Ela digitou mais perguntas, que ele respondeu com uma expressão confusa. So tentou explicações mais extensas, com mais informações, porém, quanto mais palavras acrescentava, menos sentido a frase tinha.

— Droga de tradutor. Ok, frases menores.
Marina digitou "Você tem passaporte?".

Yeogwon-iss-eo?

Ele deu um sorriso, achando graça, e Marina teve um pequeno sobressalto. Era um sorriso bonito, por isso perturbador, como se algo a tivesse acertado em cheio. Ela piscou várias vezes e abaixou a cabeça.

— Por favor, não se apaixone por ele, por favor, por favor, por favor — disse baixinho a si mesma.

Mas algo parecia fora de controle, porque não conseguia parar de procurá-lo. Espiou-o de novo. A pele perfeita, principalmente no rosto e no pescoço...

— É um belo pomo de adão... — sussurrou, o que chamou a atenção de So. Ela apenas sorriu, pura e sem culpa. Porque sabia que tudo o que falava se perdia, sem tradução.

Os cabelos, bem curtos atrás e longos na franja, brilhavam como topázio negro. Ao menor sinal de instabilidade, eram tirados do lugar, tão lisos que pareciam sempre molhados. Já a boca era arrebitada, como se estivesse o tempo todo emburrada. E parecia ser macia, contornada pela sombra que os próprios lábios projetavam.

Foi flagrada. Abaixou a cabeça de novo, tão rápido que acabou entregando sua culpa. Ele sorriu e então ficou de pé. Segurou-a pela mão e a levou até a lavanderia.

— O que foi, So?

Ele abriu a porta, saltou os degraus e, na garagem, pediu que ela o seguisse. Foi até o grande armário de madeira maciça, em que costumavam ficar as ferramentas de jardinagem do pai de Marina, e mexeu na porta, para mostrar que uma das dobradiças estava frouxa. Em seguida, simulou usar uma chave de fenda e fez um som com a garganta, indicando pergunta.

— Ah, você quer consertar isso? Não precisa. — Ela acenava e balançava a cabeça em negativa.

Foi aí que a voz do ex-namorado a atravessou pelas costas como uma lâmina fria, e ela congelou, as mãos paralisadas no ar.

— Marina! Cadê você, vagabunda?

Vê-lo pular o portão de ferro fez uma chave virar dentro dela. O instinto iluminou sua mente, o raciocínio acelerou e sua visão se afiou. Alcançou o interruptor e apagou a luz da garagem. Ouvia ruídos estranhos no escuro, de articulações lassas, como se um zumbi estivesse invadindo a casa.

So olhava para o homem e parecia confuso. Nem viu quando foi empurrado para dentro do grande armário e trancado lá dentro. Tentou forçar a saída, mas Marina socou a madeira, pedindo silêncio. Ia sair de perto para ir até o meio da garagem, como sempre fazia para desviar das agressões, porém estacou. Pelas tramas vazadas de madeira da porta, viu os olhos assustados de So, iluminados pela luz da noite. Ela respirou fundo. E se colocou como barreira.

— Você aguenta a porrada. Você aguenta — sussurrou para si mesma, tremendo. Na última frase, a voz falhou.

O primeiro soco foi na barriga. Marina se curvou de dor, e os olhos de So se arregalaram ao entender o que estava acontecendo. Forçou a porta. Ela voltou rápido para a posição e, assim que encarou o ex-namorado, levou um murro na boca. Soltou um gemido e So gritou. Marina berrou, com raiva, para abafar os protestos do coreano. O urso soltou uma risada alcoolizada, maligna, e deu dois socos seguidos no estômago dela. Ela se apoiou nos joelhos para não cair de quatro e reergueu o tronco. Limpou o sangue da boca e rosnou:

— Filho da puta.

Cuspiu no rosto dele. Furioso, o homem agarrou Marina pelo pescoço para asfixiá-la. O armário parecia conter um animal selvagem, que chutava a porta para sair. Marina não podia gritar para ocultar os protestos, estava sem ar. O ex-namorado já procurava na penumbra, notando algo errado. Rápida, ela golpeou o monstro na traqueia quando percebeu sua distração. Ele a soltou e caiu no chão, tossindo, apertando o próprio pescoço. Amaldiçoou e rolou no piso, tentando levantar. Enquanto isso, ela puxava o ar, seus pulmões ocos, retendo somente uma linha fina de oxigênio. Armazenou um mínimo de ar e fixou os olhos no agressor, que já estava de pé. Barrou a porta de novo, segurando com força a madeira, os nós dos dedos esbranquiçados. Ouviu So suplicando enquanto socava a porta:

— *Jebal.*
— Esta é a minha vida, não a sua.

O homem afastou a mão e deu um tapa no rosto de Marina, fazendo-a voar para o lado. Ele cambaleou por causa do próprio impulso e das pernas abobadas e caiu no chão. Rolou, lento, e não levantou mais. Ela chorou, gritou com raiva e soprou todo o ar, exausta. Segurou o ombro e gemeu de dor.

So chamou o nome dela, desesperado. Era a primeira vez que o ouvia dizer "Marina".

— *Mariná. Marí!*

Riu, largada no chão, achando graça do jeito como o nome soava na boca dele. Mais lágrimas escorreram pelas laterais de seu rosto, molhando os cabelos. Apertou os olhos para estancá-las. Pegou o celular e discou o número da delegacia.

— Pode vir pegar o seu amigo, ele já terminou o serviço.

Engatinhou até o armário e, agachada, tateou a porta de madeira até encontrar a fechadura. Girou a chave e So saiu.

Ao vê-la sangrando, ele caiu de joelhos a sua frente. Moveu as mãos como se fosse tocá-la, mas recuou, enfiando-as entre os cabelos, angustiado, furioso, olhando para Marina como se fosse chorar. Fechou os olhos, prostrado diante dos ferimentos que ela tinha sofrido para protegê-lo. Beijou o polegar e o deslizou sobre um corte na testa dela, como se pudesse curá-lo com o carinho. Então acariciou o rosto de Marina. A outra mão, colocou em suas costas. Puxou-a para si. Em câmera lenta, encaixaram-se e ficaram como duas peças de um quebra-cabeça. As lágrimas de So molharam seus ombros. Ele a beijou na testa, mantendo os lábios ali, trêmulos, pressionando Marina contra seu corpo, como se não fosse largá-la mais.

— So, eu estou bem — disse, fraca. — Eu juro, estou bem. — Mas a voz enroscou na garganta.

Então ele a pegou no colo. Nos braços dele, Marina se encolheu, pequena. Fechou os olhos. Chorou baixinho.

Ele a colocou na cama e ia voltar para a garagem, mas Marina o segurou pelo braço. Com o indicador nos lábios, pediu que ele ficasse quieto e apontou para o interruptor do quarto. So obedeceu e apagou a única luz da casa que estava acesa. Ficaram em silêncio na penumbra.

Ela o puxou pelo pulso, obrigando-o a se sentar a seu lado. Pouco depois, ouviram um carro estacionando e o portão sendo forçado. Passos. Dois homens conversavam na garagem. Ela tapou a boca de So. Ele segurou seu pulso delicadamente, beijou-a na palma da mão e entrelaçou os dedos aos dela. O barulho do motor do carro desapareceu pela rua e, no quarto, os dois se olhavam como se por eles percorresse eletricidade.

So acendeu o abajur. Saiu do quarto e voltou com o kit de curativos, o mesmo que ela tinha usado para tratar dos machucados dele. Primeiro limpou o ferimento na boca de Marina. Deslizava pelos seus lábios, devagar, um pedaço de algodão com o medicamento antisséptico. Às vezes se olhavam. A casa estava quieta. Dava para ouvir a respiração alterada dos dois.

— *Wae?* — ele sussurrou.

Sob a luz alaranjada do abajur, o rosto preocupado de So parecia uma pintura. Marina estava perto o suficiente para notar uma pinta, do tamanho de um ponto-final, embaixo do canto externo do olho direito, próximo à linha d'água. Hipnotizada, movimentou a mão para tocar a marca, mas o braço fraquejou, quase sem energia. So segurou sua mão e a ajudou a terminar o percurso. Sorriu assim que a ponta do indicador dela tocou sua pele.

Então So abriu um botão da camisa de Marina e o peito dela subiu e desceu mais rápido. Analisou as manchas arroxeadas do pescoço, em seguida a olhou nos olhos. Pegou uma pomada no kit e mostrou à paciente, com a intenção de perguntar se era o medicamento correto. Embriagada, Marina concordou. Ele fazia o trabalho calado como um monge. Quando terminou, ela sorriu, exaurida e apaixonada. Ele passou os dedos pelos cabelos de Marina, ela se aconchegou, aproveitando o carinho, e adormeceu.

5

"Eu não posso? Eu não posso me apaixonar loucamente por você?"

"안됩니까? 선배한테 미치면 안되는 겁니까?"

— *Doctor Romance*
낭만 닥터

— Qual vai ser a história dessa vez para explicar esses machucados? Muay thai? Marina, está ouvindo?

Era a jornalista que sentava na mesa ao lado. A colega havia parado no meio de uma matéria para analisar, desconfiada, os ferimentos que cicatrizavam.

— Está com a cabeça onde, garota?

— Acertou na mosca. — Marina digitava sem tirar os olhos da tela.

— O que eu acertei? — A colega de trabalho levantou a sobrancelha, sem entender.

— Muay thai.

A jornalista riu, debochada, e voltou ao trabalho. Marina espiou o céu pela janela e então o relógio na parede. O verão não deixava a noite chegar. Pegou sua bolsa e foi para casa, escondida do chefe.

Ainda estava claro quando estacionou o carro na garagem. Verificou os machucados no espelho retrovisor. Estavam melhores. Arrumou o cabelo e desceu. Paralisou a mão na fechadura porque ouviu música. Era o violão do seu pai. So estava tocando?

Entrou em casa devagar e o viu na sala, o instrumento sobre as pernas, o cabelo preto sobre os olhos, os dedos tocando as cordas devagar, com medo de feri-las. Começou a cantar, a voz rouca, pesada, roqueira, linda naquela melodia mais lenta. Ela fechou os olhos e mordeu o lábio inferior. Era como se as notas do violão e a voz de So fossem água transbordando de seu corpo.

A música terminou e só então ela entrou. Surpreso, So largou o violão e se inclinou várias vezes, para se desculpar.

— *Mianeyo.*

A expressão dele mudou ao ver que os olhos de Marina estavam úmidos. Foi para perto e, preocupado, segurou seu rosto. Começou a falar em seu idioma, com pressa, apontando para o portão da casa lá fora, para o machucado de Marina, os olhos orientais tristes e também desesperados, o pescoço vermelho com a raiva. Ela não disse nada, apenas deixou que ele desabafasse. Então So parou, cansado, fechou os olhos e entrelaçou os dedos atrás da nuca. Marina deu um passo para a frente. As saboneteiras para fora da gola larga da blusa estavam na altura dos lábios dela. Estudavam o rosto um do outro, em silêncio. O polegar dele deslizou pelo queixo dela. Então o timer do fogão apitou, quase um alarme de incêndio.

~

Após o jantar, ele guardava a louça limpa nos armários. Cantarolava uma das músicas que tinha tocado no violão. Encostada no batente da porta, segurando um pano de prato, ela o observava como se assistisse a um filme de amor. Sem perceber, começou a cantar também, primeiro baixinho, depois mais alto, mas fora do ritmo. So achou graça e pareceu tomado por uma vontade de entendê-la, de se comunicar com ela. Procurou pela cozinha. Pegou uma colher e a levantou no ar:

— *Sutgarak.*

— Su-ca-rá? — repetiu Marina, apontando para a colher na mão dele. — Sucará.

So retorceu o nariz pela pronúncia e sorriu em seguida, um sorriso que a convidou. Ela deu alguns passos para perto, sem perceber. Esperou que ele prosseguisse. Ele simulou levar comida à boca com a colher e disse:

— *Meokta.*

— Mo-qui-tá — Marina ecoou.

— *Meok-ta* — disse mais devagar, para ensiná-la.

— Môk-tá — repetiu baixo, concentrada nos lábios dele.

Quando ele riu, Marina se pegou rindo também, como se a luz do rosto dele estivesse lhe dando ordens.

Ele segurou um copo, fingiu beber e disse:

— *Masida.*

— Ma-chi-dá — ela imitou até a entonação. O rosto de So pareceu acender com animação. Ela fez um sinal de positivo com o polegar. O professor balançou a cabeça, concordando.

— Ma-chi-dá. Machidá — Marina arriscou falar rapidinho.

Ele a seguia, deliciado. Segurou uma mecha do cabelo dela e falou:

— *Mori.*

— Mo-rí.

So deu mais um passo. Estavam bem próximos agora. O coreano estudou o rosto de Marina e ficou mais sério. Disse:

— *Yeppeoyo.*

Marina não repetiu. Ele não estava mais dando aula. Havia uma intensidade diferente nos olhos dele. Encarou os lábios de Marina e as pernas dela afrouxaram. Ele sussurrou:

— *Kiseu.*

— Qui-sã?

Ele sorriu, provocando, e se afastou novamente. Continuou a guardar os pratos.

— Quisã? — ela insistiu, mas So manteve o sorriso, como quem guarda um segredo. — So. — Tocou o braço dele. — *Quisã?*

— *Kiseuhada.*

— Qui-sã-rra-dá? — Marina fez uma expressão confusa. — O que quer dizer...

So parou, os lábios bonitos entreabertos. Seus olhos eram atraídos com facilidade para a boca de Marina. Colocou o dedo indicador sobre o lábio inferior dela, puxando-o levemente para baixo. Deslizou os dedos pelo superior também. Ela não respirava. So levou os dedos até os próprios lábios. Brilhavam, como se tivessem manteiga. Beijou devagar o próprio dedo, aquele que tinha tocado a boca de Marina, e disse mais uma vez:

— *Kiseu.*

Marina repetiu a palavra e a voz saiu fraca. Precisou desviar o olhar um instante. Era como encarar o sol. Quando voltou para So, cambaleou. Num reflexo, o coreano a segurou pela cintura e a trouxe para si.

— *Gwenchana?*

— *Kiseu* — ela disse, baixinho, e tocou o próprio lábio. Então tocou o dele. — Por favor.

So segurou o rosto de Marina e deslizou o polegar pelos seus lábios.

Um murro na porta os interrompeu.

— Hoje eu vou matar você, vagabunda.

Ela levou So pela mão até o quarto e olhou para ele como se pedisse desculpa por não ter uma vida melhor que aquela. Gesticulou para que permanecesse ali, apagou a luz e o olhou mais uma vez.

— Por favor, não saia daqui. Ok? *Araseo?* — falou a palavra em coreano que tinha aprendido com ele.

Correu.

— Estou aqui — gritou assim que saltou os degraus da lavanderia para a garagem. Não viu o ex-namorado. Escutou outro soco na porta da sala, alto como se um terremoto estivesse chacoalhando a casa, e berrou. Ele estava tentando entrar pela porta da frente.

Um fio de suor escorreu pela têmpora. Olhou na direção do quarto e seu rosto entristeceu, preocupada com So escondido.

— Aqui, porra!

Finalmente o agressor apareceu em seu campo de visão. Ela se posicionou, boxeadora. Mexeu os ombros e apertou o pulso.

— O braço, abaixe. O braço, abai... Droga. — Uma careta de dor por causa do ombro. — Parece que esse idiota estragou alguma coisa aqui na última vez.

O ex-namorado balbuciava, a língua enrolada na boca, e Marina só tentava respirar.

— O medo não te...

Mas não prosseguiu. Parou de falar. Algo dentro dela a silenciou. Não estava com medo. Olhou para a casa e pensou em quem estava com ela. Enrolou os cabelos em um coque. E esperou, como se, pela primeira vez, quisesse a briga.

O homem acelerou contra ela, uma bola de ferro vindo na direção de um prédio. Marina só então se deu conta de que estava entre a parede e o carro, perto demais da porta da lavanderia. Olhou para os lados, calculando como sairia dali. Estava encurralada. O ex-namorado já estava muito próximo, ela não ia conseguir correr para o meio da garagem, ele não deixaria. Respirou fundo, preparando-se para levar o primeiro soco. Isso o distrairia um minuto, ela ganharia tempo para rolar no chão e ir para trás do filho da mãe. Então não apanharia mais, até que ele caísse.

— Vem de uma vez, seu cretino.

Foi quando a porta da lavanderia se abriu ao lado dela. E sua visão foi bloqueada. Eram as costas de So.

— Quem é esse bosta? — o ex-namorado gritou.

Os músculos do pescoço do coreano estavam retesados, e Marina previu o que ele faria em seguida. Fez um movimento para impedi-lo, mas So foi mais rápido. Dobrou o joelho da perna direita e chutou o invasor no peito, perto do pescoço. O homem voou para trás. Marina agarrou o coreano pela cintura, determinada a colocá-lo para dentro da casa. Puxou-o com toda a força de seu corpo. Mas So a bloqueou com o braço e a empurrou para trás. Ela parou, encostada na parede de tijolos. Viu o ex-namorado tentando levantar, lento por causa do álcool, e So de costas para ela, seu olhar sério por sobre o ombro, as sobrancelhas cerradas, um aviso de que, dessa vez, não iria assistir a Marina apanhando sozinha.

Mas ela o ignorou. Puxou o coreano pela camiseta, fazendo-o vir com tudo para trás. Dedo em riste, ordenou que ele não se movesse até que aquilo estivesse terminado. So não compreendeu a língua, mas leu o rosto dela.

— Anda logo com isso — Marina disse ao ex-namorado, que já estava de pé, cambaleando na direção dos dois.

Mas So não tinha a intenção de obedecê-la. Segurou Marina pela cintura e a ergueu do chão. Ela gritou com os dentes cerrados, em protesto, debatendo as pernas no ar, enquanto o coreano subia os degraus até a lavanderia para prendê-la lá dentro. O plano era fazer o que ela tinha feito quando o trancou no armário da garagem para protegê-lo. Estava subindo os dois degraus com a dona da casa nos braços quando ela se soltou. Empurrou-o para trás. So tropeçou e caiu perto do carro.

Por causa da luta com o coreano, Marina não viu que o ex-namorado já estava perto da porta da lavanderia. E, ao pular de volta para a garagem, foi agarrada pelo pescoço. Do chão, So o chutou entre as pernas, e as mãos soltaram Marina. Ela recuou a uma distância segura enquanto o coreano ficava em pé e dava um soco no homem bêbado. Ágil como um lince, ele se virou e pressionou Marina contra a parede para trancá-la entre os braços. Certificou-se de que o animal estava no chão e então a encarou. Marina estava presa entre a parede da casa e aquela que ele formou com o corpo em torno dela. So respirava ofegante, o rosto bem perto do seu. Revezava-se, com alguma fúria, entre os olhos e a boca de Marina. Uma pequena gota de suor escorreu do seu pescoço para o peito, sumindo dentro da camiseta. So fechou mais os braços para prendê-la, as mãos espalmadas na parede atrás de Marina. Sussurrou, com raiva, mas também angustiado:

— *Hajima.*

Deu as costas e se posicionou, esperando o agressor. Por algum motivo, ela não reagiu mais. Um cansaço sobrenatural a achatou até o chão. Ouviu o ex-namorado pegar o celular no bolso e gritar, em tom de ameaça, que o asiático podia se considerar um homem morto. Em coreano. Marina abriu a boca, queria perguntar se tinha ouvido direito, mas apagou antes disso. A lembrança se dissolveu no torpor.

∽

Abriu os olhos devagar e viu que estava na cama. Correu, como se estivesse atrasada, e procurou pela casa. As luzes estavam apagadas. Foi até a garagem. Desceu os degraus da lavanderia em um salto. O ex-namorado tinha ido embora. So também não estava lá. Um celular estava no chão, era do ex-namorado. Destravou o aparelho e conferiu as ligações. A última tinha sido para a delegacia em que os amigos policiais trabalhavam.

— Eles levaram o So. — Ela tapou a boca e seus olhos se encheram de lágrimas.

Jogou o celular na parede de tijolos e chorou. Bateu a porta da lavanderia e começou a andar em círculos pelo corredor, rangendo os dentes, as lágrimas escorrendo pelo rosto como se caíssem de uma torneira aberta. O que ela ia fazer? So devia estar morto àquela altura. Tinha que se certificar. Tinha que achá-lo.

Esfregou os olhos com raiva e fungou. A manga da blusa já estava encharcada das lágrimas.

— Droga!

Entrou no banheiro com pressa para lavar o rosto. Trombou em algo no escuro. Perdeu o equilíbrio. So a segurou e a puxou de volta. Marina viu sua silhueta contra a iluminação muito fraca que vinha de fora.

— So? — disse, trêmula, o choro embargando a voz.

Acariciou o rosto dele e sorriu, aliviada. Apoiou a testa no peito dele. Abraçou-o e moveu o rosto para escondê-lo em seu pescoço. So a apertou contra si, mesmo sem entender o que acontecia. A mão dele estava em suas costas, tocando sua pele. O abdome, colado nela. A respiração a tocava no ombro. Ela tateou a parede. Encontrou o interruptor e acendeu a luz. Ele estava só de calça jeans — mais uma que tinha ganhado rasgos nos joelhos. Os cabelos molhados cobriam os olhos, que a encaravam, ardendo.

Ficaram em silêncio um instante. Se quisesse beijá-lo, Marina precisaria apenas empinar o queixo. Ele fez um movimento, que ela seguiu com os olhos: levou a mão até o rosto dela e deslizou o polegar em seus lábios.

O mundo então mudou de rotação, as imagens correram lentas e Marina abriu a boca, como se quisesse ar. A frase que disse em seguida saiu em coreano:

— *Mwo?* — Ela tapou a própria boca. Assustada, jogou-se para trás e deu com as costas na porta.

6

"Estou com muito medo. Quero que você diga que ainda precisa de mim. Que me peça para amá-la."

"너무 무섭다. 그래서 니가 계속 필요하다고 했으면 좋겠어. 그것까지 하라고 했으면 좋겠어."

— *Goblin*
도깨비

— *Ottoke.* O que você fez?

Primeiro ele sorriu, as mãos no rosto dela, os olhos aliviados, felizes, porque ele a tinha entendido sem esforço, sem mímicas, os dois finalmente conversando. Mas logo em seguida pareceu perdido, compreendendo que frases em coreano não deviam estar saindo da boca de Marina. E disse:

— Eu... eu não sei.

— Eu estou falando coreano? *Wae?*

— Parece que sim. — Não conseguiu segurar um sorriso, embriagado pelas noites que planejava passar acordado conversando com ela.

— O que está acontecendo aqui?

— Eu juro que não sei. — E, ao dar um passo para perto, Marina recuou. — Você está com medo de mim? — ele perguntou com a voz suplicante.

Ela continuou tentando desligar o que quer que fosse que So havia acionado, mas não conseguiu. O cérebro não obedecia. Marina ia para o português, mas voltava para o coreano como se a língua estivesse imantada, e seu cérebro, forrado de metal.

— O meu ex-namorado, o que aconteceu?

— Aquele homem era o seu ex-namorado? — So penteou os cabelos molhados para trás com os dedos, nervoso.

— O que ele fez depois que eu desmaiei?

— Ele foi embora depois que você dormiu.

— Eu não dormi, não foi exatamente voluntário. Eu fui apagada. E como assim, ele foi embora? — Espremeu os olhos, desconfiada.

— Você apagou, eu disse que não deixaria ele tocar em você de novo e ele foi embora. — So deu um passo na direção dela.

— Foi isso. — Estava pronto para mudar de assunto, procurando os olhos dela como se tivesse sede, cheio de curiosidade sobre como seria agora que conseguiam se entender.

— O que você fez, So?

Ele parecia contemplar o fato de a língua não ser mais uma barreira entre os dois. Sorriu.

— O seu coreano. Você fala informalmente comigo.

— Você fez alguma coisa com ele? — Marina aumentou o tom de voz. — Os amigos dele, os policiais, vieram aqui?

— Você não sabe como eu queria que a gente conseguisse conversar. — E estendeu a mão para segurá-la pela cintura.

Num movimento rápido, Marina pegou a porta do banheiro e a jogou para que batesse. O barulho foi alto. Gritou, os olhos cheios de lágrimas:

— O que está acontecendo, So?

— Eu não fiz nada com ele. Mas me arrependo de não ter feito — ele aumentou a voz também, frustrado porque ela insistia em falar do ex-namorado.

— Então ele simplesmente concordou com você e foi embora?

— Por que você está preocupada com ele? — Gesticulou, irritado, o cabelo dançando em sua testa, os pingos caindo em seu peito.

— Eu estou preocupada com quanto você o irritou e com a próxima vez que ele vier. — Marina esfregou os olhos, cansada. — Ele nunca vai embora. Ou ele cai, ou sai depois de quebrar alguma coisa em mim. — Caiu para trás, as costas apoiadas na porta, o rosto escondido nas mãos.

So deu um passo, segurou os pulsos dela e os tirou da frente do rosto para poder olhá-la nos olhos. Então murmurou, com raiva:

— Eu disse para ele ir embora e foi isso. Ok? Eu não mentiria para você. — Viu um botão da camisa dela aberto. Abotoou, cuidadoso. — Eu não quero mentir para você.

— Como você me fez dormir? — ela perguntou sem se abalar com as mãos dele tão perto de seu colo. Ajeitou a blusa onde ele tinha mexido.

Ele estava quase ofendido, olhando para seu rosto desconfiado. Apoiou a mão na porta, bem ao lado da cabeça dela, e chegou mais perto:

— O que você acha que eu fiz? Que eu dopei você?

— Eu não sei, droga. — Marina já chorava. — Você sussurrou algo no meu ouvido e eu apaguei. E, quando acordei, tudo estava quieto.

— Quer que eu tente de novo? Para você decidir se estou mentindo ou não?

Colocou o cabelo dela atrás das orelhas e se inclinou. Marina teve a impressão de que o lábio de So roçou em seu ouvido.

— Agora que a gente consegue conversar, você decidiu que não vai mais acreditar em mim? — Na voz dele, havia um misto de tristeza e desejo.

Marina precisava se concentrar no que estava acontecendo. Tentava não prestar atenção nos olhos escuros entre os cabelos molhados, no tórax exposto, bem ao alcance dos dedos.

Tentava não imaginar o gosto que a boca de So devia ter naquele momento, de água gelada e hortelã. Mas era como tentar correr no sentido contrário de uma escada rolante.

— Você está presumindo que eu acreditei em você todo esse tempo? — ela sussurrou de volta.

O nariz dos dois quase se tocava. Os lábios dele se entreabriram. Pareceu confuso e chateado com o questionamento dela.

— Você me trouxe para sua casa.

— Talvez eu estivesse entediada.

— E se eu estivesse escondendo alguma coisa?

— Tenho certeza de que você está.

— E mesmo assim me trouxe com você?

Marina olhou para um hematoma em seu braço e disse:

— Acha que eu tive medo do que *você* poderia fazer comigo?

Ele deu um passo para trás. Vestiu a camiseta com o corpo ainda molhado. Os dois continuaram parados, olhando um para o outro, até que So perguntou se ela queria comer alguma coisa. Marina abriu a porta e deu as costas, mas ele a segurou pela mão.

— Obrigado. — Olhou para o chão e então para ela. Os cabelos continuavam em seu rosto. — Estou tentando te dizer isso há um tempo.

Marina quis sorrir da camiseta tão grande em So. Aquela era do ex-namorado. A gola ficava larga demais, deixando as clavículas do coreano expostas. O tecido estava molhado, por causa dos pingos que escorriam dos cabelos.

— A gente precisa comprar roupas para você — ela disse, ajeitando a camiseta para que a gola ficasse centralizada.

— E... *pangapsumnida* — falou baixinho, agora com os olhos nos lábios dela.

— Essas estão muito grandes para você — Marina disse e abaixou a cabeça, os olhos fechados. Por um minuto, foi como se todos os sentimentos estivessem desmedidos e seu corpo fosse se rasgar.

Uma lágrima escorreu e caiu de seu rosto. So a trouxe para perto e pousou os lábios na pálpebra de Marina.

— Eu gostei de te conhecer também — ela disse, cansada.

O tempo passou com os dois imóveis, sem conseguirem se afastar um do outro.

Mesmo sabendo que podiam se entender, jantaram em silêncio. Às vezes trocavam olhares demorados, a comida esperando no prato. Era como se o idioma em comum tivesse dado a eles a chave de um canal secreto em que também podiam se entender sem conversar. Estavam finalmente se reconhecendo. O estranhamento entre dois estrangeiros havia se dissipado. E por isso se olhavam com mais intensidade.

Relaxado na cadeira, So moveu a cabeça, deixando-a cair um pouco para o lado, estudando Marina. A expressão dele entristeceu. Disse:

— Eu não dormi durante três dias depois que você me trancou no armário.

— Ele ia te machucar de verdade se tivesse te visto.

— Você acha que eu estava preocupado com isso? — Gesticulou de um jeito furioso, mas em seus olhos havia uma angústia de quem se importava, como se estivesse bravo, na verdade, porque não tinha conseguido protegê-la.

— Muito mais do que me machucou.

— Eu fiquei vendo ele te bater. E fiquei tão irado. — Fechou os olhos e tremeu um pouco, respirando fundo ao reviver o sentimento. Então virou para Marina e confessou, com o olhar de quem está prestes a admitir que ama: — Juro que, quando eu te deixei no quarto naquele dia, eu pretendia matar aquele *saekki*.

— So, você não tem que lidar com a minha vida. Entendeu? Aquele filho da mãe é problema meu.

— Agora ele é problema meu também. — Ele foi taxativo. Os olhos desviaram do olhar de Marina e escorregaram para sua boca. Depois, voltaram a encará-la.

— Eu tenho medo do que ele pode fazer. — Ela soou preocupada. — Ele bate em mim e vai embora. Acha que com você ele vai perder tempo dançando na minha garagem? Ele vai voltar com uma arma para te dar um tiro.

So puxou a cadeira para ficar mais perto dela.

— Ele não vai.

A certeza dele a fez cerrar os olhos, desconfiada de que não sabia de toda a história.

— Como você chegou ao aeroporto, afinal?

So virou o rosto, soltou o ar num suspiro contrariado, olhou para ela de novo e respondeu:

— Eu pulei da ponte do rio Han, em Seul. Abri os olhos e estava aqui.

— Eu não sei se entendi.

— Eu também não. — E passou as mãos pelos cabelos, inquieto. — Lembro de ter saído da água e de ter andado por uns trinta minutos numa área deserta. Quatro caras me abordaram, eu não conseguia entender o que eles diziam, acho que queriam dinheiro. — So deslizava o polegar pelo lábio enquanto falava, os olhos em um ponto qualquer da sala, pensativos. — Eles me bateram. Me cortei tentando fugir. Andei até o aeroporto, desmaiei e fiquei inconsciente na terra molhada. Não sei por quanto tempo. Acordei com o som de turbinas. Vi placas em outro idioma e entrei em pânico. — Cruzou os braços, colocando uma espécie de ponto-final no que dizia, e só aí olhou para Marina de novo. — Tinha acabado de me esconder no banheiro quando você me encontrou.

— Por que você pularia em um rio?

— Eu não sei. — Mas era mais como se ele não quisesse contar.

E não disseram mais nada.

Mais tarde, o coreano quis ver melhor o céu ocidental. Apagaram todas as luzes e saíram. Sentaram-se na calçada, as costas apoiadas no muro. A rua estava quieta. As casas pareciam adormecidas, com a maioria das janelas fechada. So olhou para cima. Cruzou os braços sobre os joelhos, apoiou o queixo no pulso. Os cabelos lisos deslizaram para a testa e cobriram seus olhos. Ele jogou a franja para trás e Marina viu que era observada. O rosto dela parecia fasciná-lo mais que qualquer fenômeno que pudesse haver no céu. Estava sério, apaixonado por tudo o que ela tinha feito por ele até ali. Mas também parecia triste, como se desejasse tocá-la e houvesse uma parede invisível entre os dois.

— O céu aqui parece mais bonito — falou com os olhos serenos, mordendo o canto da boca. — Marina. — Esperou que ela olhasse. — Por que ele bate em você?

— Porque eu terminei o namoro.

— E por que você não pede ajuda à polícia?

— Ele era da polícia. Os colegas me ameaçam. E eu prefiro apanhar dele que dos caras da delegacia, que estão sempre sóbrios. — Colocou os cabelos atrás das orelhas e disse, com a voz tímida: — Não queria que você tivesse visto tudo aquilo.

O rosto de So se encheu de ternura. Ele a abraçou e beijou sua testa.

— Ele não vai encostar em você de novo.

— Você não pode me garantir isso, mas obrigada mesmo assim. — Sorriu, cheia de afeto.

— Acho que se eu visse ele batendo em você de novo...

— Eu já encontrei um jeito. Eu o canso, ele cai, eles buscam o babaca e eu espero até a próxima para fazer a mesma coisa. Não é genial, mas pelo menos assim me machuco pouco. — Mexeu no ombro que ele tinha acertado na noite em que trancou So no armário da garagem. E olhou para as estrelas. — Queria que você estivesse aqui um ano atrás para me dizer essas coisas.

So ficou de pé e ofereceu a mão a ela.

— Vem. Está tarde.

Ela aceitou o gesto. Enquanto entravam, Marina comentou:

— Na próxima vez que for usar o banheiro...

Sorrindo, ele cruzou os braços e amparou o corpo em um pilar que delimitava o pequeno hall e o separava da sala de estar.

— Eu gosto de tomar banho no escuro. — O tom era desafiador, como se quisesse que ela pedisse detalhes.

Marina trancou a porta da sala e foi até ele, aceitando o desafio.

— Por quê?

— O meu trabalho. Tem luzes demais.

As sobrancelhas dela se ergueram com a curiosidade. Deu mais um passo para perto de So.

— O que você faz?

— Eu era o guitarrista e cantor principal de uma banda de K-pop. Estou sumido há algumas semanas, então... talvez eu tenha perdido o emprego.

— K-pop? — Ela estava sorrindo, sem controle sobre a própria boca.

So olhou a mão de Marina repousando ao lado do corpo. Levou a sua até lá, devagar, para tocar os dedos dela, misturá-los aos seus. Então respondeu:

— Música coreana.

— Você tem uma banda? — ela perguntou, olhando para a mão com que ele brincava.

— Sim. Do tipo que toca instrumentos. — Entrelaçava os dedos aos de Marina, acariciava-os, travava-os entre os seus para soltá-los em seguida. O polegar de So já escorregava, traçando a região entre o indicador e o polegar dela. Ainda olhava para as mãos se tocando.

— Qual é o outro tipo?

— Que faz coreografias insanas. — Eles se olharam. Marina soltou o ar com dificuldade, como se estivesse segurando-o há horas. — Eu não sou bom em dançar.

— E você tem namorada?

O coreano ficou sério, seu olhar se perdeu pelo tapete e o silêncio quebrou a leveza da conversa.

— Claro que você deve ter, eu...

— Não — ele respondeu rápido, a voz firme. — Não tenho.

Ela concordou com um gesto de cabeça, soltando-se da mão dele. Cruzava e descruzava os dedos de um jeito nervoso. Chacoalhou a cabeça, como se desanuviasse, e voltou a sorrir:

— Então você é famoso na Coreia?

— Sim.

— Ok, sr. Ídolo. Não pense que você terá privilégios aqui só porque dava autógrafos no seu país — Marina brincou, de um jeito amuado.

— Eu não sou tão ingênuo — ele respondeu cruzando os braços, as mãos sozinhas de novo.

— Além de acender a luz do banheiro, você também precisa trancar a porta.

O rosto de So estava sereno, um lado da boca levemente mais para cima que o outro. Então disse:

— Se for mesmo o que você quer que eu faça...

Marina viu um mosaico de lembranças se formar em sua mente: So de toalha na cintura e os cabelos molhados, o corpo de Marina apoiado na mão dele, os lábios separados pelo espaço que uma agulha preencheria, a sensação de perceber a respiração ritmada dele porque seu abdome estava colado ao dela.

— Se você vai ficar aqui, talvez deva quebrar a regra que quiser.

~

De madrugada, ele acordou e foi até a janela da sala. Abriu uma brecha na cortina e verificou a rua. Tudo quieto. Então checou todas as trancas e janelas. Caminhou até o quarto de Marina. Girou a maçaneta devagar e, pela fresta, espiou-a dormir. Entrou e Marina acordou, alerta. Ela jogou a coberta para o lado e fez menção de se levantar, mas So a fez deitar de novo. Sentou-se no chão perto da cama, os olhos na mesma altura dos dela. Ela sorriu, mas So permaneceu sério. Uma mecha de cabelo escorregou sobre o rosto dela e ele colocou os fios no lugar.

— Você pode deitar aqui, se quiser — ela disse.

O coreano sorriu, mas de um jeito triste. E fechou os olhos, como se estivesse recebendo a visita de uma dor antiga.

— So?

Ele não disse nada. Cobriu Marina até o pescoço, beijou sua testa e deitou-se ao lado dela. Acariciou seu cabelo.

— So.

E sustentaram a tensão entre eles por um instante. Marina prosseguiu:

— Você não vai me beijar?

Ele estremeceu, como se estivesse frio, mas quando segurou o rosto de Marina suas mãos estavam quentes, o corpo pedindo por ela.

— Eu quero. — Ele se aproximou e encostou os lábios nos dela, apenas um toque, e a encarou, os olhos em chamas. Sussurrou com a boca na dela. — Eu quero muito.

— Então me beija.

O coreano abaixou a cabeça, as mãos ainda tremiam um pouco.

— Eu não posso. Não consigo. Não ainda.

— Por quê?

— Você esperaria? — Os olhos dele brilhavam. Engoliu em seco, com medo da resposta de Marina, com medo de que fosse "não".

— Por dez anos? Não. — Os dois riram. — Mas, se você me disser que não vai demorar tanto, esperaria.

Quando ela dormiu, So moveu o corpo para ficar mais perto e se inclinou para beijá-la, mas cordas de náilon o detiveram. Mais uma vez. Não as enxergava, apenas sentia. Fechou os olhos, segurando um murro que gostaria de dar na cabeceira da cama, e virou-se para o teto, pensativo. Olhou Marina, passou de leve os dedos pelo seu rosto. E a mandíbula de So travou, sua expressão diferente por causa da determinação.

— Eu sei que não posso ficar com você. Mas eu quero tentar, mesmo assim.

— So? — ela resmungou. — Eu acho que cochilei.

— Pode dormir — ele disse, fazendo um carinho em seu rosto. — Eu vou ficar aqui.

Marina deitou a cabeça mais perto dele. Eles se olharam por um instante e sorriram, sonolentos.

∿

— Está surda, Marina? Hein?

— O quê?

Era o chefe, batendo os dedos no monitor velho, os óculos dançando no nariz gordo e os farelos do biscoito de polvilho caindo da barba. Marina estava pensando na conversa que ela e So tiveram e, pela expressão dos colegas na sala, que a olhavam como se estivesse com a blusa do avesso, ela devia ter ficado aérea por um bom tempo.

— Ele te chamou umas oito vezes — uma colega jornalista gritou do outro lado da sala. — Está apaixonada?

— Cadê o release sobre a nova rota de voo para Miami?

Ela se inclinou para pedir desculpa, como So faria se estivesse ali. O rosto do chefe se retorceu, repudiando o gesto estranho.

Após o fim do expediente, Marina dirigiu a oitenta quilômetros por hora, a respiração acelerada como em um ataque cardíaco, as mãos frias. Não era como se tivesse um plano, parecia guiada por um impulso — o de beijá-lo. Estacionou e viu a casa no escuro. Entrou, caminhou devagar pelo corredor e parou em frente à porta do banheiro, como se tomasse coragem. Fechou os olhos, pegou ar e deu um passo para dentro.

Mas So não estava lá. Marina acendeu a luz para se certificar e se virou para sair. Então So entrou, com pressa, e fechou a porta.

— Você achou que eu estava aqui? Por isso entrou assim? — ele perguntou, a voz instável por causa do desejo.

Ela ensaiou falar e abaixou a cabeça, mas foi obrigada a olhá-lo por causa da mão que ele colocou em seu queixo. So tateou a parede até encontrar o interruptor. Apagou a luz.

No escuro, o volume da respiração de Marina aumentou. Ela sabia que seus lábios estavam muito perto dos dele, porque o ar que saía da boca de So tocava sua pele de leve. Arriscou um pequeno movimento, empinando o queixo, e os lábios pegaram de raspão nos do coreano. O corpo dele reagiu, sua respiração também acelerou, e ele tocou Marina nas costas, com a mão insegura e cuidadosa. Encostou os lábios nos dela e as bocas entreabertas se encaixaram, bem devagar. Ficaram assim, parados, como se qualquer movimento pudesse disparar um explosivo. Marina fechou os olhos e esperou.

Mas nada aconteceu. So tremia, com calafrios.

— So?

Acendeu a luz e o viu paralisado, a expressão de sofrimento, o corpo imóvel.

— So? O que foi? — Marina segurava o rosto dele, assustada.

O coreano transpirava e parecia fazer força para se mover. Ela levantou os cabelos pretos e lisos para encontrar os olhos dele. Estavam cheios de lágrimas, agonizantes. Como se estivesse em uma paralisia causada por um assombro.

— So? Meu Deus, o que houve? Por favor, fala alguma coisa.

Alguém urrou e socou a porta da sala. So caiu de joelhos, respirando como se estivesse preso em um tanque de água. Outro soco, dessa vez mais forte, e o coreano se colocou de pé. Segurou Marina pela mão e caminharam até a sala. Espiaram pela cortina. O ex-namorado tinha trazido um policial. Já haviam arrombado o portão e estavam no jardim. Os dois carregavam armas e cochichavam, fazendo sinais um para o outro, aparentemente combinando a entrada simultânea pelas portas da sala e da lavanderia.

Marina e So se apressaram até o quarto. Pularam a janela para caminhar pela lateral da casa. Era um espaço apertado entre a parede e o muro, por isso andavam de lado. Chegaram ao jardim da frente e pararam quando a parede da casa acabou. Mais um passo e seriam vistos pelos homens, que ainda estavam no gramado. Marina se agachou e espiou. O policial e o ex-namorado se preparavam para invadir.

— Você tem certeza que tem um cara aí com ela?

O ex-namorado confirmou. E o colega puxou para trás a corrediça sobre o cano da arma, a fim de carregá-la. Marina se certificou de que não havia ninguém dentro da viatura. Quando os policiais chutaram a porta com tudo e entraram, ela e So correram pela rua.

Assim que dobraram a esquina, os passos de Marina se tornaram pesados e o mundo pareceu entrar em outra rotação. A batida grave dos pés contra o chão tornou-se a de um tambor em seu cérebro. As pernas e os braços de repente relaxaram, e era como se Marina fosse feita de vento. Fechou os olhos. Os pés não tocavam mais o asfalto. E ela não sabia dizer se continuava correndo ou não. Então viu várias imagens em looping. Os pais no caixão, a gerente do banco informando sobre a transferência de todo o dinheiro para uma conta desconhecida no exterior, os cobradores detalhando o valor da dívida decorrente dos empréstimos feitos pela irmã gêmea, as ameaças dos agiotas, a primeira vez em que o ex-namorado quebrou seu nariz.

Tentou abrir os olhos e sair do escuro denso. Não conseguiu; era como se o controle não pertencesse mais a ela. Esforçou-se e puxou o ar, emergindo do que parecia ser o fundo do mar. Então enxergou novamente. Tudo estava na rotação normal. So a guiava pela calçada. Ainda estavam correndo. Mas havia um vento ártico, diferente do verão do Brasil. Marina encolheu os ombros.

Olhou ao redor e não reconheceu a paisagem. Havia prédios altos, colados uns nos outros, banhados por luzes verdes e azuis, letreiros digitais e placas com caracteres que ela não sabia decifrar.

Definitivamente não era Curitiba.

Marina gritou o nome de So e pediu que ele parasse. Segurou os joelhos e sentiu ânsias. Sua cabeça pendia com a vertigem. Os pedestres viraram um borrão cujas cores pareciam ameaçadoras. Ele a obrigou a olhá-lo nos olhos e afirmou, com autoridade, que precisavam sair logo dali. Correram.

— Que lugar é esse? So!
— É Seul, Marina. Na Coreia do Sul.

7

"Que tipo de mulher é essa que, cada vez que a vejo, ela está mais forte?"
"뭔 여자가 이렇게 볼수록 크냐?"

— *Oh My Venus*
오 마이 비너스

Eles corriam pela calçada de uma rua larga, dividida em duas por um canteiro. Cada via seguia em um sentido e possuía cinco pistas, todas lotadas de carros cujos modelos Marina não reconhecia. Havia árvores secas em todos os lados e neve derretendo nos canteiros. Os prédios eram como deuses do Olimpo, olhando para eles lá embaixo com o plano de esmagá-los. Em uma placa, Marina leu "Teheran-ro", porque as letras estavam romanizadas. Descobriu que não sabia ler coreano. Olhou para cima e, no topo de um prédio de provavelmente uns trinta andares, leu os dizeres "Glass Tower". Os pedestres transbordavam sobre a calçada.

— Mas nós estávamos... estávamos perto da minha casa — ela balbuciou.

Dois carros pretos em alta velocidade pararam sobre a calçada. So viu o homem sentado no banco do motorista e pareceu reconhecê-lo. Ele e Marina fugiram para o lado contrário do sentido da rua e dobraram a esquina. Passaram por um prédio moderno, revestido de vidro espelhado, em que Marina leu "Trade Tower". Ouviram os pneus fritando atrás deles. O som ficou mais distante, até desaparecer.

— O que está acontecendo? — Marina perguntou olhando para os lados, procurando os perseguidores. — Nós estávamos em Curitiba. Meu Deus, o que está acontecendo? Eu acho que...

Viu uma bandeira da Coreia do Sul dançando com o vento, pendurada em um poste, e suas pernas amoleceram. So berrou o nome dela, sem parar de correr, e Marina se recompôs. Entraram em uma rua menor, apertada, com carros estacionados de qualquer jeito sobre a calçada. À medida que avançavam por ela, o movimento diminuía. Marina viu uma grade de ferro que circundava contêineres e vagões de trem. Dava para perceber que estavam abandonados. O terreno parecia ser os fundos de uma empresa instalada em um dos prédios monstruosos, um depósito para tudo aquilo que a companhia não usava mais. Ao fundo, a cidade de luzes coloridas. Ainda escutavam o som das buzinas, agora mais distantes.

So pulou a cerca e ajudou Marina a fazer o mesmo. Entraram em um vagão velho. Arfavam, apoiados no ferro gelado, no canto mais escuro da caixa de metal. Não conseguiam enxergar um palmo diante dos olhos. Marina tremia de frio. Viu sua respiração virar vapor em um feixe de luz natural que passava por um pequeno orifício na parte de cima do vagão. A julgar pelo céu escuro, poderiam ser dez horas da noite ou duas da manhã.

Então uma voz masculina surgiu do escuro. Vinha de dentro do vagão.

— Você trouxe uma garota com você?

Marina suspendeu a respiração. Um homem acendeu uma lanterna e a luz revelou outros três, de terno e gravata, braços a postos perto dos bolsos, parados um ao lado do outro como um paredão. Quem falava era outro, um coreano com as mãos nos bolsos da calça. Ele a mediu de cima a baixo e então olhou para So:

— Por que você trouxe uma garota?

Um deles apontou a lanterna para o casal, e o homem que falava se aproximou.

— Eu estou cansado de perseguir você, Kim Joo So.

Ele usava brincos pretos nas orelhas, talvez alargadores, e parecia ter a mesma idade de So. O cabelo era tingido de castanho-claro, e algum produto mantinha os fios jogados para o lado, bagunçados, em vez de escorridos sobre os olhos. A calça jeans era surrada e o moletom de capuz o fazia parecer mais musculoso. Dava para ver os traços fortes e a mandíbula quadrada. Os detalhes do rosto se perdiam no escuro.

Ele e So se investigavam na penumbra, como se aquele fosse o primeiro encontro depois de muito ouvirem um sobre o outro. O maxilar de So estava travado. Já o outro parecia apenas cansado. Os dois não tinham semelhanças físicas, mas havia algo em comum entre eles, algo que não se podia apontar.

O homem fez um movimento em direção a So. Em um reflexo, Marina avançou e cravou as unhas no rosto do estranho. Ele a segurou pelos ombros e a pressionou contra o metal do vagão. Sob a fina faixa de luz, ela viu que o tinha machucado. Ele sangrava em riscos finos na pele, como se tivessem sido feitos por um lápis bem afiado.

— Você não tem ideia do que está fazendo — o estranho falou entredentes.

So o empurrou para longe dela. Eles discutiram num coreano rosnado e acelerado, até que os outros homens seguraram So e o levaram do vagão à força. Marina empurrou o líder do grupo, com as duas mãos em seu peito, e berrou por cima da ordem para que ela não o tocasse. Ele a forçou a parar, segurando-a pelo pulso, e disse:

— Como o So te trouxe aqui? Você é estrangeira?

— Por que você quer machucar o So? Eu te mato primeiro.

Ele riu, debochado.

— Como eu poderia machucar o So?

— Lee Tan — um dos guarda-costas chamou de longe.

O homem soltou o pulso de Marina, jogando a mão dela para baixo, antes de lhe dar as costas e sair andando.

O instinto virou uma chave dentro de Marina, a mesma dos dias em que recebia as visitas do ex-namorado. Os olhos se afiaram. Esperou para ver o que fariam.

— O braço, abaixe — repetiu o mantra, baixinho.

Havia dois carros afastados cerca de dez metros um do outro. Dois dos homens estavam em torno do líder, discutindo instruções perto do carro à esquerda. No outro veículo, o terceiro homem, de costas para Marina, guardava a porta do motorista enquanto digitava no celular, provavelmente esperando orientações. O motor estava ligado, o que queria dizer que a chave estava na ignição. As portas deviam estar programadas para não abrirem por dentro. Mas por que So ainda não tinha pegado o volante e fugido?

Todo o cálculo de Marina levou menos de um segundo. Pegou velocidade e correu igual a um leopardo, os olhos fixos no segurança parado na porta do carro onde estava So. Armou um chute no ar, que o acertou nas costas, bem na altura dos pulmões. Ele largou o celular e seu corpo envergou para trás, sem ar. Ela agarrou sua cabeça e a fez voltar para a frente, com força, para se chocar contra o vidro da janela. O homem caiu. Ela abriu a porta do motorista, sentou-se e pisou no acelerador.

— So, eles fizeram alguma coisa com você? Você está bem? — Marina respirava ofegante.

Ele não respondeu. Ela olhou para ele pelo retrovisor.

— So!

O olhar dele estava perdido, distante daquela fuga, de Marina — que tentava encontrar uma saída — e do outro carro, já atrás deles.

— Como a gente sai daqui? — Os pneus derrapavam no chão de pedras.

— Marina, você precisa voltar. — A voz dele era de quem sentia dor.

— O quê? — Tirou os olhos da direção e virou, chocada, para o banco de trás. — Voltar? Por quê?

O carro deu um solavanco. Marina se assustou. Pelo retrovisor, viu caixas velhas de madeira, despedaçadas.

— Eu tenho que voltar. — Ele segurava a cabeça, como se estivesse com enxaqueca.

— Você está com dor?

— Volte, por favor.

— Mas por quê? Eles vão... — ela começou, olhando para ele no banco de trás de novo.

— Volte, Marina! *Doraga!*

So falou alto, a raiva umedecendo seus olhos. Marina se calou, assustada. Em seguida, o rosto dele se desarmou, resignado.

Foi quando o carro explodiu a grade de ferro que circundava a área. Marina perdeu o controle da direção, pisou no freio, mas acabou dentro de um contêiner. O som das latarias se chocando ecoou pela noite silenciosa como uma bomba nuclear. Fumaça tomou o interior do carro e Marina começou a tossir. Abriu os olhos e apertou o ouvido para tentar parar o zumbido. O para-brisa estava rachado. Virou para trás e So estava zonzo, tentando se localizar.

— So, meu Deus... — Marina tossia e pulou para o banco de trás. Segurou o rosto dele e, desesperada, perguntou: — Fala comigo, você está bem?

Ouviu a derrapagem apressada do outro carro. Marina foi retirada por um segurança, e So, pelo próprio líder do grupo, que perguntava, preocupado e quase afetuoso, se o coreano estava bem, se estava machucado, se precisava de algo. Ela frisou o cenho, confusa.

No outro carro, o casal não conversou. Estavam separados pelo homem que Marina ainda não sabia quem era. Angustiada, ela procurava os olhos de So, que os mantinha fixos na janela com uma expressão turva, indecifrável.

— Para onde a gente está indo? — ela perguntou sem tirar os olhos de So.

— Para a empresa de entretenimento. — O líder tocava o arranhão no rosto com o nó dos dedos e um pouco do sangue sujou sua mão. — E pare de falar comigo de maneira informal.

Marina o encarou e ia responder, marota, mas estacou. Havia algo familiar nos olhos do estranho.

Ficaram se encarando por um instante. A astúcia no olhar dele impôs o temor que se sente diante daquilo que pode ferir. De repente, era como se Marina estivesse com a mão suspensa no ar, decidindo se tocava ou não a cabeça de um tigre em repouso.

— Eu falo como bem entender. — A voz dela saiu instável.

Era uma esperteza contornada pela malícia de quem não tem a menor intenção de esconder que não é confiável. E a malícia parecia vir de uma amargura. As garras tinham crescido, porque também tinha se machucado. Marina quis rir, pois reconheceu a história. Mas não se moveu. Eles ainda se olhavam. Aquela impressão de familiaridade de novo.

O estranho estreitou a vista, como se ponderasse depois de ter notado que havia causado algum efeito sobre ela. Então

Marina puxou o ar quando a compreensão repentina a acertou na garganta. O medo, atrás de todo o rancor, era o mesmo que ela tinha visto em alguém de quem gostava. Nos olhos de So.

— Eu não sei falar de outro jeito, *chingu*. — Tentou ser irônica para esconder o fato de que tinha sido surpreendida, mas havia balbuciado de novo.

— Eu não sou seu amigo, não use essa palavra comigo — falou o homem, minimizando o tom de ameaça. A mudança nela o havia afetado um pouco.

Eles se olharam de novo.

— Foi esse coreano que o So me deu. Não tenho outro. — Ela ergueu o queixo, altiva, para desfazer a fina conexão que havia se estabelecido entre os dois.

O estranho se inclinou para perto de Marina e ela foi para trás. Ele sorriu — algo como "Você me atacou e agora está com medo de mim?" — e perguntou:

— Você não falava coreano?

So baixou o olhar, como se agora estivesse prestando atenção na conversa.

— Eu sou brasileira. *Chingu*.

— Tem certeza disso?

Marina pressionava o vidro da janela com a parte de trás da cabeça, querendo se afastar mais daquele homem, que continuava inclinado em sua direção. Algo de perigoso em seus olhos a inquietava.

— De que eu sou brasileira?

— De que não falava coreano.

Então So atravessou o braço e enganchou o estranho para obrigá-lo a se sentar em uma postura ereta e afastá-lo de Marina. Encarou-o e disse, com um tom autoritário:

— Pare de falar com ela, Lee Tan.

— Depois você vai me contar como fez para essa estrangeira falar coreano.

— Só não fale com ela. — Dessa vez So pareceu resignado, como se, por dentro, não acreditasse que pudesse dar qualquer ordem àquele homem e já tivesse desistido de lutar. Olhou para Marina com tristeza, como se estivesse se despedindo. Ela ficou aflita, ia dizer algo, mas So voltou a observar a paisagem pelo vidro.

O líder a analisou por um instante e sorriu com o canto da boca rosada.

— Você está apaixonada por ele? Ora... nunca ouviu falar de dramas coreanos? Não sabe como essas histórias funcionam?

So o puxou pela jaqueta e o encarou, mais em pânico que com raiva.

— Cale a boca, Lee Tan. Agora!

— O que está acontecendo aqui, afinal? Quem é você, droga? — Marina estava irritada.

— Talvez você devesse fazer essa pergunta para o seu namorado, e não para mim. — Cruzou os braços, despreocupado. — Porque, se ele te contar quem é, você também vai saber quem eu sou.

Os olhos dela brilharam com a possibilidade de ter sido traída, de So ser alguém diferente do que ela conhecia, de a verdade ser mais dolorosa que todas as surras que já tinha levado do ex-namorado.

— Marina. — O afeto estava lá de novo, na voz de So, em seus olhos, e ela engasgou de saudade dele. — A gente precisa conversar.

— E tem que ser logo. — Lee Tan mexia no celular. — Porque você tem que voltar.

So respirou e tocou a cabeça, como se as dores tivessem piorado. Marina agonizava vendo-o daquele jeito. Então disse a Lee Tan, com raiva:

— Acho que existe uma palavra para você no meu coreano. — Fingiu pensar. — Ah, sim, *sekki*. Babaca.

— A sua informalidade me irrita.

— Você quer que eu seja formal para te ofender?

— Seria educado da sua parte.

— É engraçado como você diz isso achando que vai fazer alguma diferença para mim.

Lee Tan franziu o cenho de novo, indo e vindo nos olhos dela. Marina se afastou, toda a coragem escorrendo pelos dedos. O que havia sobrado era o receio dos olhos do estranho. E do que causavam nela, sem que entendesse direito o motivo.

— Algo me diz que faz — o homem falou baixo, para So não ouvir.

— Lee Tan — o motorista chamou. — O diretor está na empresa.

— Na empresa? — Checou o relógio. — Ok. *Kamsamnida* — agradeceu.

Marina viu as horas no painel do carro. Uma da manhã.

Acomodou-se e deitou a cabeça no banco, vendo a paisagem se mover lá fora. O carro ia rápido por uma via larga, lotada de veículos enfileirados que formavam uma única faixa de luz em cada uma das sete pistas.

O cenário era cosmopolita, quase como estar em Nova York, só que no futuro, em uma versão mais eletrônica, mais reluzente. Havia mais prédios altos, tão bonitos que pareciam vivos, encavalados uns nos outros, brilhando com os letreiros coloridos, os carros luxuosos e as pessoas bem-vestidas a caminho de festas. Os anúncios de neon com caracteres coreanos empilhavam-se, alaranjados, verdes, rosa, roxos e azuis, criando uma alvorada manufaturada que reluzia desde avisos sobre venda de sapatos até propagandas de conserto de telefones celulares. Marina esfregou os olhos, como se a paisagem tivesse cansado sua vista. E pensou em voz alta:

— Que lugar é este...?

— Gangnam. — Foi So quem respondeu, derrotado, como se quisesse chorar.

Por uma pequena abertura na janela, ouviu o zunido dos luminosos, as buzinas, as risadas e a música pop saindo de cada porta e cada janela, tudo se dissolvendo em uma sinfonia urbana desafinada. Era como estar dentro de uma máquina gigantesca de pinball.

O carro parou diante de um dos prédios monstruosos. O nome da companhia estava em uma placa no alto da entrada, tão grande que Marina pensou que poderia ser vista de qualquer lugar do planeta.

Na escadaria localizada na frente do prédio, Lee Tan esperava que os guarda-costas liberassem a entrada, que já estava bloqueada por causa do horário. So admirava Seul com tristeza, as mãos nos bolsos da calça, o corpo imune ao frio, aquecido pelo desespero.

— So, por favor, conversa comigo. — Marina parou a seu lado, cautelosa, como se não o reconhecesse.

— Ei — Lee Tan chamou. — A entrada foi liberada. Vamos.

— É melhor a gente ir — So cochichou para ela.

Marina saiu e, pela maneira como subiu as escadas, dava para ver que estava começando a ficar irritada. So a seguiu e parou perto de Tan. Disse, com os olhos brilhando por causa das lágrimas de raiva:

— Você não vai mais entrar na minha cabeça. Você não vai mais me obrigar a nada.

A expressão de Tan era pacífica.

— Estamos atrasados, So.

8

"Eu quero que você seja muito infeliz. Quero que chore todas as noites. Sempre que pensar em mim, quero que desmorone."

"나는 니가 아주아주 불행했으면 좋겠어. 매일 밤마다 질질 짰으면 좋겠어. 나만 생각하면 억장이 무너졌으면 좋겠어."

— *Another Oh Hae Young*
또 오해영

Em um estúdio de gravação, uma equipe os aguardava. Uma mansão caberia dentro daquele espaço. Havia pelo menos dez pessoas escoradas nas paredes revestidas de borracha branca e nos pedaços de cenário espalhados, que pareciam ser de videoclipes, decorados com sofás Winchester roxos e verdes, mesas de pôquer de um cassino dos anos 80, um helicóptero da polícia em tamanho reduzido, cadeiras de piscina futuristas.

As luzes brancas posicionadas em tripés focalizavam um baú da largura de uma cômoda, no qual um coreano mais velho, de terno e gravata, estava sentado. Quando Marina e So entraram, com Lee Tan, os olhos de todos na sala se arregalaram. Houve um som uníssono de espanto, um "ôôô" carregado de um sotaque oriental.

— *Ottoke?* É ele mesmo? — o coreano mais velho gaguejou vendo So caminhar indomável pela sala. — Quando ele vai voltar, Lee Tan?

— Eu não vou voltar — So respondeu com sangue nos olhos, o dedo em riste, mas na direção de Tan, não do homem de terno. — Não vou deixar a Marina.

— Por que você está fazendo isso? — Lee Tan disse, sentando-se sobre o capô de um carro destruído. — Eu me esforcei tanto por você. E o que você faz?

— Ele arranjou uma namorada estrangeira? — o executivo mais velho questionou Lee Tan.

— Parece que sim. Brasileira — respondeu suspirando, irritado.

Todas as cabeças na sala se viraram para a ocidental como se fossem coreografadas. O executivo trocou um olhar com Tan. Reparou no rosto arranhado do funcionário e comentou:

— Pelo jeito, não foi fácil chegar aqui.

— Não, não foi.

E So o encarou com raiva.

Foi quando a astúcia reluziu nos olhos de Lee Tan. Ele sorriu e se dirigiu a Marina:

— Eu quero te mostrar uma coisa.

Ela procurou por So na sala, confusa. Ele primeiro franziu o rosto, tentando entender o que Lee Tan estava planejando. Empalideceu ao deduzir.

— Talvez nós devêssemos ir para a sala de reuniões, diretor. O que acha?

O homem mais velho ficou em pé e ajeitou o paletó, preparando-se para a carnificina. Então sorriu.

— Você está no comando, Lee Tan.

Numa postura respeitosa, Tan fez sinal para que o diretor fosse na frente. Depois, repetiu o gesto para So e Marina. Toda a equipe os seguiu. Andaram por um corredor comprido em um silêncio de cortejo fúnebre. Marina seguia atrás de So, que mantinha a cabeça baixa, a caminho do apedrejamento.

Marina girou o pescoço para ver a quantidade de pessoas que os cercava. Se quisesse correr, seria facilmente barrada. Mas, mesmo que tivesse a oportunidade, não fugiria. Precisava saber o que estava acontecendo.

Na sala de reuniões, tinha uma grande mesa oval. Em uma das paredes, uma tela ampla, de alta definição, exibia um vídeo institucional mudo sobre a empresa. Tan puxou um laptop que estava no centro da mesa e esperou que todos se acomodassem. Marina permaneceu em pé perto da porta. So estava a seu lado, apertando os olhos fechados, os punhos cerrados, visivelmente em um conflito interno. Como se estivesse preso, mas sem algemas.

— Que episódio deveria estar indo ao ar hoje? — Lee Tan perguntou a um funcionário enquanto procurava algo no computador.

— O oitavo — o homem respondeu com subordinação, sem fazer contato visual.

— O oitavo. — Tan bateu os dedos na mesa, uma ideia tomando forma em sua cabeça. — Talvez devêssemos assistir a um trecho juntos.

Apertou "enter" e uma novela começou a rolar.

Na tela, uma mulher gritava em coreano e chorava na sala de uma mansão, aparentemente discutindo com outra pessoa. Mas não havia mais ninguém em cena. Era como se ela conversasse com um fantasma. Em determinado momento, a personagem fez uma longa pausa silenciosa, passeando o olhar pela sala, como se acompanhasse algo se movimentando.

Tan aumentou o volume. A mulher voltou a gritar.

— *Eu achei que era mais que a sua empresária. Achei que você me amava e que a Eun Sang fosse apenas uma amiga. Era dela que você gostava esse tempo todo? Não vai me dizer nada, So? Kim Joo So!*

E caía em prantos, chorando por alguém que ela não sabia que não estava mais ali.

So segurou a cabeça, como se sentisse dor.

Eun Sang apenas uma amiga.

Eun Sang.
Eun Sang.

Tan pausou a novela. Os olhos de Marina estavam confusos e tristes, como se ela não compreendesse exatamente o que estava acontecendo, mas tivesse um mau pressentimento sobre aquilo tudo. Caminhou em direção à tela e apontou para a imagem congelada da personagem chorando na novela.

— O que é isso? Por que ela está chamando o So? — Falava olhando para Lee Tan. — Quem são vocês, o que... o que está acontecendo? So? — Procurou-o perto da porta. Ele olhava para baixo, as mãos apertando as têmporas.

— Diretor, eu gostaria de conversar com o So, apenas eu e ele, talvez amanhã. Acho que hoje estamos todos cansados. — Tan se inclinou para falar com o executivo mais velho.

— Não, é melhor você falar agora — Marina ordenou. — O que está acontecendo nesta droga de lugar? — E bateu na tela de alta definição, impaciente.

— Sabe quanto custa uma coisa dessas? — o diretor disse, sofrendo pela tela esmurrada e ajeitando a gravata em seguida.

— Você está sendo desrespeitosa com o diretor da empresa — Tan a advertiu.

— Eu não dou a mínima para quem ele é — Marina respondeu, taxativa, sem levantar a voz.

— Parece que a coadjuvante quer o papel principal de mocinha. — Lee Tan riu, cínico. — Aqui, você vai ter que fazer mais que apanhar do namorado para conseguir isso.

A fúria retesou o corpo de Marina. Ela apanhou o laptop sobre a mesa oval e estava pronta para arremessá-lo contra a tela, sob os gritos das pessoas na sala, quando So correu e segurou seus braços. A culpa nos olhos puxados, úmidos, a amoleceu e seus braços foram baixando.

— Marina. Desculpe. Eu devia ter contado... — ele disse.

— Contado o quê? Contado o quê, So? Fala de uma vez! — Marina pediu com os olhos entristecidos, as lágrimas querendo brotar. Já tinha entendido que fora enganada, só queria saber qual mentira havia sido contada dessa vez.

— *Aish*. Podemos resolver isso logo? — o diretor disse com a mesma voz aborrecida, tirando o laptop da mão de Marina e colocando-o sobre a mesa. — Estamos recebendo uma média de cem mil e-mails por dia. Ligações incontáveis. As pessoas *adoram* esse drama — comentou, prolongando a palavra "adoram" enquanto apontava para a tela. De repente, arregalou os olhos e virou para Tan, que assistia, de um jeito respeitoso, à manifestação de Marina. — Ele é perigoso? — E inclinou a cabeça para o lado de So.

Tan fez que não. O diretor levantou as sobrancelhas, impaciente.

— Então o force a voltar.

— Eu posso falar com eles a sós, diretor?

O executivo concedeu o pedido de Lee Tan e ordenou que o restante da equipe saísse também. Assim que ficaram apenas os três, Tan adquiriu um tom negociador:

— So, existe uma história que, sem você, está desmoronando.

— Eu quero criar a minha história agora. — A frase saiu oscilante, como se ele mesmo tivesse dúvidas sobre o que dizia.

— Você sabe que não pode fazer isso — Tan disse, supremo, em um tom paternalista, como se So fosse seu filho rebelde. — Eu preciso que você volte.

— Voltar? — Marina perguntou, revezando o olhar entre os dois. — Voltar para onde?

— Há pessoas esperando por você. Pessoas que gostam de você. — Tan falava quase bocejando, com a superioridade arrogante de um deus cuja vontade sempre é atendida.

So foi para cima de Tan e o segurou pela blusa, os lábios tensionados, o cabelo cobrindo os olhos marejados, os dentes trincados.

— Eu não gosto dela! Nunca gostei. Você me obrigou a dizer o que eu não sentia. E, quando eu finalmente consegui falar a verdade, aconteceu uma tragédia. E eu sei que foi você.

— A Eun Sang não pulou por minha causa. Quem escreveu aquela carta foi você. — A língua de Tan o cortou como uma espada. So contraiu o peito como se tivesse sentido a lâmina.

— Você a empurrou. Só você tem o controle.

— Você também pulou. Não pulou?

— Porque *você* mandou que eu pulasse — So gritou. — Eu escutei!

— Você pulou porque quis — Tan gritou também. — *Você* mudou a história, não eu! A responsabilidade de tudo isso é sua.

Ele soltou a roupa de Lee Tan e deu um passo para trás, o rosto congelado em assombro. O outro deixou escapar um suspiro, arrumando a blusa, e, como um pai que está cansado de educar a criança, disse em um tom mais conciliador:

— A sua vida é lá, Joo So. Não aqui.

Ele demorou a responder, recuperando-se do que tinha ouvido. Virou-se para Marina e os olhos dela, ainda confusos, estavam cheios de lágrimas. Ela puxou o ar, exausta, enfiou os dedos nos cabelos e fechou os olhos. As lágrimas escorreram, pelo amor que ela finalmente acreditou que poderia sentir.

— Sim. — So ainda olhava para ela. — A *minha* vida. É minha. E eu decido... — O maxilar estava trêmulo, os punhos fechados. Ele também estava cansado, mas de sentir raiva.

— So, eu preciso saber. Quem é você, afinal? Como a gente veio parar aqui?

Ele se encheu de ternura ao vê-la tremendo e respirando com dificuldade por causa da angústia.

— Eu vou te contar tudo — So começou. — É difícil explicar...

— Na verdade, é bem simples — Tan o interrompeu. — O So é o protagonista do drama que eu escrevi.

E o coreano fugitivo deixou a cabeça cair, o rosto escondido pela derrota.

— O quê? — A pergunta de Marina mal saiu.

— Ele é o meu personagem. O que faz de mim o roteirista — revelou Tan, colocando as mãos nos bolsos e apertando os lábios, lamentando, cínico, ser o portador das más notícias.

— O que você está dizendo? — A voz dela ainda soava fraca.

— Que ele saiu de uma história.

— Ele não é de uma banda famosa aqui da Coreia?

— Você viu alguém correndo atrás dele pedindo autógrafo desde que chegamos? — Tan ergueu as sobrancelhas e depois mediu So, como se ele fosse um filho malcriado.

— Então ele é um ator, é isso? — Os lábios dela tremiam. — Ele é um ator que se recusa a continuar gravando essa história, certo?

— Não. — Lee Tan pegou o celular e procurou alguma coisa. Virou a tela para Marina com a foto de um homem que tinha algumas semelhanças com So. — Este é o ator. O nome dele é Kang Haneul — pronunciou devagar, sílaba por sílaba. — Kim Joo So — e apontou para o homem a sua frente — é, sim, um cantor, líder de uma banda de K-pop. No drama que eu escrevi, do qual ele é o protagonista.

Marina olhou para So com a esperança de que ele negasse, que risse daquele absurdo sobre ser um personagem e não uma pessoa real, que tomasse a mão dela e a levasse embora dali. Mas o que ele fez foi ficar mudo. Os olhos tristes do coreano apenas confirmaram a versão do tal roteirista.

Uma navalha parecia ter atravessado as costas de Marina. Estacou no lugar, a boca assombrada, os olhos duros. Olhou para baixo, como se quisesse ter certeza de que o chão estava mesmo ali, e riu, incrédula, fraca, enquanto as lágrimas escorriam por seu rosto. As pernas fraquejaram e Marina balançou, caindo de joelhos no chão. Ainda com a cabeça baixa, disse:

— Como você pode ser um personagem? E tudo o que aconteceu?

— Tudo o que aconteceu não muda, Marina. — So praticamente suplicava, ajoelhado diante dela.

— Eu sou sua coadjuvante? — Sorriu, mas triste, ofendida, os dedos entre os cabelos.

— Não, claro que não. Não funciona assim.

Ele tentou se aproximar, mas Marina ficou em pé.

— Então por que você não tentou me explicar? Em vez disso você apareceu, me fez sentir tantas coisas de novo e pensar que talvez eu não precisasse ter uma vida tão horrível para sempre. Tudo isso para depois voltar para a sua história e me deixar aqui? Então por que você continuou por perto, So? — Marina aumentou a voz para fazer a última pergunta: — Por que não foi embora antes de eu acreditar que você ficaria?

So não respondeu. Apenas repetiu o pedido de perdão. Quando ela saiu da sala, consternada, ele ficou encarando a porta, de costas para Tan.

— Uau. Ela é intensa. — O roteirista tinha um ar de interesse; a força de Marina o deixara curioso.

O protagonista virou a cabeça lentamente para Lee Tan e disse, com um sorriso sarcástico:

— Você vai gostar dela. — Enfatizou as palavras, andando até ele, o olhar ameaçador. — E vai usar o seu poder de criação para me afastar.

— Por que está me dizendo isso?

— Para você lembrar que eu também te conheço.

— Não se preocupe, vamos pagar a passagem da Marina assim que você voltar — Tan falou de um jeito casual, para cortar a tensão.

— Eu não vou voltar — So rosnou.

— Você não tem outra opção. — O roteirista estava impaciente de novo.

— Então me observe. — E caminhou em direção à porta.

— Não saia do prédio. Eu posso te achar em qualquer lugar.

O protagonista voltou alguns passos, parou diante do escritor e o encarou:

— Saia. Da minha. Cabeça. Agora! — gritou, socando a mesa de madeira.

Bateu a porta quando saiu. Lee Tan respirou fundo e empurrou uma das cadeiras para longe.

— *Michin!*

Alguém bateu na porta. Era um dos produtores.

— Com licença, sr. Lee Tan. O diretor quer vê-lo no estúdio.

Toda a equipe de produção continuava no estúdio. Tan se inclinou para o executivo, em respeito.

— O ator que interpretou o papel sabe o que está acontecendo, Lee Tan? — o chefe perguntou.

O roteirista se apoiou em uma cabine telefônica vermelha que fazia parte do cenário. Então respondeu:

— Ele está no Japão trabalhando em um longa. Eu liguei para ele, mas, quando comecei a explicar, desisti.

Reparou nas pessoas na sala. Estavam apreensivas e sonolentas. Um dos produtores bocejou.

— Que drama vamos reprisar no lugar? — o chefe quis saber.

— Nenhum — o escritor falou, decidido. — O So vai voltar para a história.

— Até que o So volte, ele e essa tal namorada brasileira... Meu Deus, que situação *sui generis*. — O diretor esfregou os olhos. — Bom, a questão é que eles precisam morar em algum lugar.

Tan já desenhava um plano.

— Talvez a empresa pudesse arranjar um apartamento...

— Eles deviam ficar na sua casa, Lee Tan.

A notícia foi como um anúncio de morte na UTI.

— Na minha casa? — O roteirista se desencostou da cabine telefônica. — Mas por quê?

— É mais seguro.

— Eu disse para o senhor, eu consigo saber onde o So...

— Você também consegue prever o que ele vai fazer em seguida? — o executivo o interrompeu com firmeza. — Se não consegue prever os movimentos dele, saber onde ele está não é de grande ajuda. Se ele fugir para a Nova Zelândia ou para a

África, você espera que eu faça o quê? Pegue um avião e saia à caça desses dois pelos continentes?

Tan caminhou pelo estúdio e se jogou em uma poltrona rosa-choque usada no cenário de videoclipe de uma girl band. O brilho da mobília parecia um deboche ao ar arruinado dele.

— Nós temos que trazer o So para o nosso lado, Lee Tan — falou um produtor, gaguejando, olhando o tempo todo para o diretor em busca de aprovação. — Ele nos vê como inimigos. Temos que transformá-lo em um aliado.

— Ele é seu, Tan. Você o criou. Só você pode fazer isso — o diretor complementou.

Dava para ver que Tan não queria So nem a estrangeira dentro de casa. O executivo analisou seu escritor número um e ponderou:

— O seu talento lhe deu privilégios aqui dentro, e eu nunca me arrependi de ter beneficiado você. — O homem caminhava em direção a Tan. — Porque você, meu garoto, desde o primeiro roteiro, surpreendeu com o seu domínio narrativo, a sua competência e a sua inteligência. E você só tem vinte e seis anos. — Ele se encostou na poltrona rosa, ao lado do roteirista, os braços cruzados. — Tenho certeza de que você não vai me decepcionar.

Tan ficou de pé e se curvou:

— Eu vou resolver, senhor.

— E não se preocupe com os seus projetos em andamento. Talvez você devesse dar uma pausa em todos eles — o diretor deu a ordem e os produtores soltaram pequenos sons, impressionados com a flexibilidade do chefe ao lidar com aquele roteirista.

O diretor dispensou todos e, na porta, parou para dizer:

— Ah, Tan?
— Sim, senhor.
— Eu chamei a Ji-Hye.

Tan sorriu amarelo e curvou-se de novo. O diretor saiu da sala e o roteirista reclamou baixinho:

— *Aish*. Preferia uma morte lenta.

༄

Marina estava jogada em um sofá na portaria da empresa. Por causa do desalento, seus braços e suas pernas estavam caídos como se o corpo tivesse despencado de um lugar alto. A porta de vidro do prédio estava trancafiada por um cadeado. Por ela, olhava Seul lá fora, ainda movimentada, as ruas cheias de carros. Na calçada, viu um grupo de homens coreanos altos e pálidos, com as pernas bambas, exibindo garotas ocidentais, loiras de olhos azuis. A madrugada também tinha um horário comercial naquela metrópole.

Marina ajeitou o casaco no corpo. As pernas no jeans fino já tinham congelado, mas ela não parecia prestar atenção nisso. Analisou o chão e as paredes de mármore. Estava sozinha. Como sempre esteve.

So apareceu correndo. Procurava por ela desde que tinha saído da sala de reuniões. Tirou a jaqueta e colocou sobre os ombros de Marina. Ela não protestou, talvez porque estivesse cansada demais.

— Marina, você teria me contado, se estivesse no meu lugar?
— Como você trouxe a gente para cá? — ela perguntou sem tirar os olhos da rua.
— Eu não sei.

Marina o encarou, a expressão pesada.

— Eu administrei os meus problemas quando eles ameaçaram tocar você. Por que você não fez o mesmo por mim?

A frase ricocheteou pelas paredes.

Eu administrei os meus problemas quando eles ameaçaram tocar você. Por que você não fez o mesmo por mim?

So fechou os olhos e se ajoelhou na frente dela, como se o que ouvira o impedisse de se manter em pé. Quis protegê-la do ex-namorado, mas acabou se tornando um agressor também. Fincou os dedos no sofá e puxou o próprio corpo com força, os joelhos deslizando no mármore. Seu tronco foi parar entre as pernas de Marina. So colou o nariz no dela, os olhos úmidos a devorando, a respiração nervosa, a cabeça meio de lado, a boca quase encaixada na dela. A voz dele saiu sussurrada, trêmula, enquanto tinha os olhos nos lábios de Marina:

— Eu tive medo de contar e perder você.

— Talvez você devesse ter me deixado lá. — Ela tremia e falava com raiva, os dedos cravados no couro do sofá, os olhos também na boca de So. — Em vez de ter me arrastado para o meio do seu problema.

— Marina, eu não sabia que nós íamos parar aqui, eu achei que ia ficar com você no Brasil — disse rápido, as palavras atropelando umas às outras.

— Você devia ter pelo menos me contado, para eu ter a chance de decidir se queria trocar os meus problemas pelos seus. — Ela o encarava, sentindo a respiração dele tocar seu rosto.

— Marina — ele disse o nome dela como se suplicasse —, eu não vou voltar. Eu quero ficar com você.

O elevador apitou a alguns metros dali. So colocou as mãos no sofá, ao lado das pernas de Marina, e usou os braços como alavanca para jogar o corpo para trás e se afastar. Ficou em pé. A porta do elevador abriu e Tan saiu de dentro dele. Parou ao lado dos dois e disse:

— Está tarde, vocês precisam descansar. Podem dormir no meu apartamento.

— Não — So recusou antes de Tan terminar o convite. — Nós vamos ficar aqui. — Acha justo com ela? — O roteirista fez um movimento com a cabeça, apontando para Marina. — Vai deixar a sua namorada dormir no sofá, nesse frio? O meu apartamento tem quartos para os dois. E calefação.

— Não confio em você.

— Eu também não confio em você e ainda assim estou oferecendo a minha casa para vocês ficarem. — Tan esfregou os olhos, exausto, e checou as horas. Eram duas e meia da manhã. — A gente termina de brigar amanhã. Anda, vamos.

— Não.

— Eu vou. — Marina ficou em pé e jogou a jaqueta contra o peito de So. Falou para Tan: — Você me convenceu quando disse "calefação".

— Marina... — So tentou segurar seu braço, mas ela se livrou.

Tan saiu andando e Marina foi atrás. So balançou a cabeça e parou um instante, uma suspeita o invadindo. Viu os dois caminharem para o elevador e afiou o olhar, como se tentasse encontrar alguma evidência de que havia algo errado no cenário.

— Ele já está escrevendo? *Jigum?*

Olhou para si no reflexo de um quadro. Então os seguiu.

O prédio em que o roteirista morava era perto da empresa de entretenimento. Ficava em Seocho, região que ia do sudoeste de Gangnam até os extremos da cidade. Era o bairro da Universidade Nacional de Educação de Seul, do Tribunal Federal da Coreia do Sul e do Centro de Artes da cidade. Os lofts eram caros e elegantes, contornados por parques e quintais privados que suavizavam a parte envidraçada da região.

Quando Tan abriu a porta da sala, Marina entrou, esfregando os próprios braços para se aquecer, e parou ainda no hall, admirada com o apartamento.

Era espaçoso e tinha pelo menos sete estantes que iam até o teto, forradas de livros. Portas de vidro contornadas por alumínio preto encerravam uma sacada que ia de uma ponta à outra do imóvel. Seul, iluminada e barulhenta, espiava por entre as cortinas leves e transparentes que dançavam com o vento.

So desviou o olhar da sacada.

A Eun Sang não pulou por minha causa. Quem escreveu aquela carta foi você.

Tan fechou a porta que tinha esquecido aberta e o vento parou. Foi até a cozinha e abriu a geladeira, checando o que tinha lá dentro.

— Vocês devem estar com fome. Tem bastante comida aqui. Podem se servir.

Marina se inclinou, agradecendo. So não se mexeu.

— Eu vou mostrar as suítes de vocês.

Tan subiu as escadas até um mezanino. Lá em cima ficavam os quartos. O de Marina e o de So ficavam lado a lado. O do dono da casa, no fim do corredor.

— Amanhã cedo vão chegar roupas para vocês. Por hoje, vão ter que improvisar. Boa noite.

Depois de um banho demorado, Marina abriu as portas do guarda-roupa do quarto e encontrou um moletom masculino. Era grande para ela, mas vestiu mesmo assim. Deitou-se, mas a mente eletrizada impedia o corpo de relaxar. Saiu do quarto na ponta dos pés. Puxou a barra do moletom para que ele descesse mais e funcionasse como vestido. O apartamento estava escuro. Então foi até as escadas. Viu a sacada. Desceu cada degrau devagar e andou até a porta de vidro, pisando levemente, como um gato. Segurou o puxador e arrastou a porta lentamente. As roldanas de alumínio correram mudas nos trilhos. Pulou para o lado de fora. Cercada pela noite, a cidade parecia futurista, um misto de luzes azul-claras, roxas e cor-de-rosa pintando os prédios. Marina deu alguns passos até o parapeito, administrando o fôlego, as mãos esticadas almejando tocar aquele infinito.

Deu uma risadinha de satisfação e tapou a boca para conter a exclamação. Aplaudiu a paisagem, as mangas da blusa escondendo as mãos e abafando o som das palmas. Levantou os braços, o moletom no limite, um pedaço da renda da calcinha escapando. Dançou a música que tocava dentro dela, riu sozinha, cochichou consigo mesma e suspirou por Seul. Parou. Andou para trás, apoiou as costas na porta de vidro e ficou séria de repente. Um choro veio agressivo. Os soluços saíam indomados, e o corpo de Marina dava solavancos. Sentou no chão gelado de mármore, porque as pernas afrouxaram, e apertou contra a boca o tecido grosso do moletom. Abraçou-se, queria parar de tremer, e respirou rápido para apressar a calma, que não vinha nunca. Sussurrou alguma coisa para si mesma e fechou os olhos. Limpou o rosto na manga da blusa e se esparramou no chão. Ficou imóvel por algum tempo, entregue, exausta. Voltou para o quarto gelada de frio, como se arrastasse a própria vida amarrada no tornozelo.

Tudo silenciou de novo. Tan, que estava o tempo todo sentado no outro extremo da sacada, escondido no escuro, se levantou com o olhar fixo na porta por onde Marina havia acabado de passar. Olhou para a Seul iluminada, buscando o que ela tinha enxergado. Foi para perto da beirada a passos lentos, como se testasse quão próximo conseguia chegar do precipício. Um flash piscou em sua mente, uma garota linda se despedindo do mundo e caindo para sempre. Saltou para trás, apavorado. Sentou no chão e ficou ali, perdido em pensamentos, e as horas aceleraram. Foi dormir assim que um risco de luz laranja partiu do horizonte em direção ao negro do céu. Outra noite em claro.

9

"Por favor, me ame. Sou capaz de guardar você no meu coração. Mas acho que eu não estou dentro do seu."

"나 좀 사랑해줘. 넌 이안에 넣고 다닐수 있는데 니 가슴속엔 내가 없는거 같아."

— *Strong Woman Do Bong-Soon*
힘쎈여자 도봉순

Na história de onde veio, So via a madrugada barulhenta de Seul da janela do seu quarto. Estava acordado, embora todas as luzes do enorme apartamento em Gangnam ainda estivessem apagadas. A iluminação natural fazia uma penumbra no quarto, como se uma lanterna fraca estivesse escondida atrás de algum cômodo.

Seus olhos seguiam as *boiseries* nas paredes e o amplo pé-direito. Já tinha contado as lâmpadas de LED, os livros de arte e música na estante e os prêmios de álbum do ano, melhor disco de K-pop, melhor artista, melhor performance ao vivo... Também já havia inspecionado, sobre o aparador de madeira escura, as fotos dos shows em escolas e universidades que fez, no começo da carreira, na adolescência. Os dedos brincavam nos vazados da divisória de cobogós, bem atrás da cama de casal.

So fechou os olhos. Tateou o espaço vago no colchão e abriu-os de novo. Procurou o celular, que estava largado no tapete. Buscou uma foto, clicou e, na tela, viu uma moça que parecia ter sido fotografada de surpresa, a boca entreaberta, o olhar doce, o rosto distraído. So se virou na cama, ficando de barriga para baixo, e colocou o celular no travesseiro. Se o aparelho fosse o rosto dela, estariam a poucos centímetros de um beijo. A proximidade, ainda que virtual, o fez empurrar o celular para longe. Ficou de joelhos na cama e agarrou os dedos nos vazados da parede de cobogós, como um presidiário faria. Chacoalhou a divisória, indomesticado, e, mesmo podendo ir e vir para o lado que fosse, seus olhos se encheram de lágrimas e ele respirou como se o ar lhe faltasse.

O dia amanheceu com o celular a uma distância segura e So concentrado no teto do quarto. Socou o colchão e deu um pulo da cama. Tomou um banho, fez a barba e escolheu uma camisa preta no armário. Vestiu e, sem abotoá-la, procurou o celular entre os lençóis desarrumados. Correu a lista de contatos e encontrou o nome dela: Eun Sang. Aqueceu o pescoço, como faria para subir em um ringue, e fechou os olhos. Só então clicou e digitou uma mensagem.

> Pode me encontrar agora de manhã? Preciso conversar com você.

Ela respondeu no mesmo minuto, como se estivesse plantada com o celular na mão, aguardando a mensagem dele.

Marcaram no café preferido de Eun Sang, a leste de Gangnam. So chegou antes e escolheu uma mesa mais reservada. Pediu um café gelado e vigiou a entrada. Ela cruzou a porta giratória pontualmente às oito e meia, mais bonita que na foto do celular. Levou o cabelo para trás das orelhas, como sempre fazia quando o enxergava de longe. So segurou o dorso nasal e abaixou a cabeça, num misto de irritação e tédio. Assistiu à garçonete limpar a mesa ao lado, para não ver a maneira como Eun andava, irregular, só para o cabelo castanho e liso balançar. A saia, acima dos joelhos, também sacodia, e a respiração dele, de repente, era a mesma de um início de ataque de pânico. Eun Sang se sentou e os fios do cabelo liso se derramaram sobre seu rosto angelical.

— Pedi o café gelado que você gosta — So disse, empurrando o copo na direção dela.

— E você? — Ela deu um gole no canudo.

— Vou tomar com você.

A boca de Eun Sang se abriu com a surpresa, como se ele nunca tivesse se comportado daquela maneira. So suspirou, entediado. E, como um robô programado para executar uma lista de ações, pegou o copo da mão da amiga de um jeito que os dedos se tocassem, depois colocou a boca no canudo. Tomou um gole e empurrou o copo de volta. Eun Sang não percebia, mas também era refém do hábito de aceitar todas as atitudes dele.

— Sobre o que você queria conversar? — Ela abaixou a cabeça e arrumou a saia, tentando conter um sorriso tímido.

So puxou a cadeira e apoiou os braços na mesa. Buscou os olhos dela, ansioso, apressado, ao mesmo tempo em que olhava para a saída.

— Eun Sang...

De repente houve um corte seco no que dizia, como se a vida o tivesse editado. Dentro dele disse "Eu não amo você", mas a frase morreu na intenção, porque sua boca havia enrijecido e as cordas vocais não obedeciam a nenhum comando. Segurou o pescoço com a mão direita. Algo estava amarrado em sua garganta.

— Você está linda hoje. *Por que eu nunca consigo dizer?* — Respirou fundo e fechou os olhos, reorganizando-se. Sorriu e quis continuar. — Obrigado por vir me encontrar. *O que está aconte...* Pedi esse café porque sei que é o seu preferido. *Eu não sinto nada por você, Eun Sang. Isso que a gente tem, na verdade, não é real.* Porque tudo o que eu faço durante o dia é pensar em você. *Por que não sai? Eu não amo você. Eu quero ficar longe dela, por favor, me deixe ir.* Eu quero ficar perto de você o tempo todo. *Não! Eu não quero!* A gente podia almoçar amanhã. Tem algum compromisso? *Quem é você? Eu sei que tem alguém falando por mim. Você quer que eu pense que estou enlouquecendo, mas eu sei que tem alguém.* Aquele restaurante perto da empresa está bom para você? *Quem está aí? Saia da minha cabeça!*

O tom de voz de So era agradável e seu semblante estava tranquilo, mas ele transpirava. Eun Sang perguntou mais de uma vez se estava tudo bem, ao que ele respondeu com um sorriso e um pedido para que ela não se preocupasse. Saíram do café depois de uma hora gasta com conversas sobre amenidades.

So entrou no carro e encarou o nada por um minuto, respirando como se tivesse corrido em torno da quadra com caixas de concreto sobre os ombros. Apoiou a testa nas mãos e fechou os olhos. Então gritou até a voz falhar, os dedos retesados chacoalhando o volante, os cabelos grudados na pele do rosto encharcado de suor. Socou o painel, machucando o dorso da mão, e golpeou o banco com o próprio corpo. Estava desesperado desde que tinha decidido falar o que realmente sentia para Eun Sang e sua vida pareceu sair ainda mais do controle.

Caiu para o lado, os músculos enfraquecidos pelo esforço que tanta tristeza exigia. Em algum momento, conseguiu sentar de novo. Olhou-se no espelho retrovisor. Os olhos estavam fundos e vermelhos. Tirou o cabelo molhado da testa. Ajeitou a gola da camisa, também empapada de suor, e tentou arrumar o penteado. Parou, vendo a própria imagem no espelho.

Dirigiu até o trabalho sem prestar atenção no trajeto. Repassou as músicas para o show de reunião que faria sem reparar no que tocava e cantava.

À noite, quase entrou no chuveiro de roupa, inerte. Quando já estava embaixo d'água, ouviu o celular apitar. Colocou o braço para fora do box e apanhou o aparelho sobre a pia. Era uma mensagem de Eun Sang, dizendo que tinha recebido as flores e que aceitava ser sua namorada. So então pareceu acordar. Jogou o celular contra a parede, despedaçando-o. E aí o choro veio como um animal selvagem.

Ele batia no próprio peito com o punho cerrado para tentar aquietar o que o rasgava. Era um choro de morte, de luto, e, enquanto limpava as lágrimas, olhava ao redor, para cima, para baixo, sentindo-se perdido, como se procurasse a nascente daquele sofrimento. Murmurou que não aguentava mais, pediu para que parasse, socou o peito, apertou o pulso e, por fim, sentou no piso de pedra, esgotado. Chorou até que estancasse, já que não podia fazer parar. Mais tarde, o corpo fraco caiu na cama, molhado e nu. *De onde vem isso? Meu Deus, essa dor tão escura... Por que eu me sinto assim?*

Uma noite, Eun Sang mandou mensagem pedindo para passar na casa de So. Estava triste, queria conversar um pouco. Ele desligou o telefone e ficou olhando para o aparelho, inconformado com as respostas românticas que tinha dado a ela, um galã mecânico, sem vida. Tomaram uma garrafa de vinho e Eun Sang adormeceu no sofá, a música "Growing Pains 2", de Cold Cherry, tocando baixinho no aparelho de som da sala.

So cruzou as pernas no chão e estudou o rosto de Eun Sang. *Não, eu não quero.* Com a ponta do dedo, acariciou sua pele e olhou para os lábios. Molhou os seus e pegou fôlego. *Eu não quero fazer isso. Por favor.* Inclinou-se para beijá-la, romântico, mas nos olhos dele havia pânico. *Por que você está me obrigando? Por favor, eu faço qualquer coisa.* Continuava a se aproximar, até que algo o parou. Seu pescoço e seus braços estavam amarrados em cordas de marionete que ele não enxergava. Respirou, aliviado. A trava desapareceu de repente, e So voltou a se mover em direção a ela. Ele tremia e transpirava, tentando frear-se, mas era inútil. O rosto de Eun Sang estava mais próximo. Os olhos de So se encheram de lágrimas e seus lábios empalideceram com a violação. *Eu não quero. EU NÃO QUERO!* E então explodiu. Soltou um rosnado e se arremessou para trás. As lágrimas escorreram com a raiva, a respiração acelerou. So estava com olheiras. Levantou-se e saiu do apartamento. Correu pela escadaria do prédio até chegar ao terraço. Chutou a porta de alumínio, lançando-se para fora.

— Por favor, eu não quero. Eu não quero — gritou, olhando para cima, com o desespero de quem perdeu a alteridade por estar preso dentro da vontade de outra pessoa.

Ele não podia falar a verdade. Mas talvez...

Voltou ao apartamento. Procurou pela sala, abriu gavetas de cômodas, até encontrar um bloco de papel e caneta. Escreveu com pressa, a letra tremida pelo impulso do desabafo, finalmente a indiferença por Eun Sang sendo expressada. Dobrou as duas folhas. E colocou ao lado dela. A movimentação dele a fez acordar. Eun Sang piscou, sonolenta, sorriu para So e viu o bilhete. Ele assistiu à esperança tranquilizar o rosto dela enquanto desdobrava o papel. Os olhos amorosos de quem sabia o que devia estar escrito ali. Se não uma declaração de amor, um pedido de casamento. Ou as duas coisas.

Mas, à medida que lia a carta, Eun Sang empalidecia. Em vez de choque ou tristeza, sentiu apatia. Um motor pareceu desligar nela. A essência que a constituía foi se derramando para fora do corpo.

— Eun Sang? — So chamou, mas ela ainda encarava a carta.

A moça levantou e caminhou para fora do apartamento. So a seguiu. Dos olhos mortos escorriam lágrimas. Desceram de elevador e chegaram à rua. Enquanto andavam, ele tentava reanimá-la, fazê-la falar, mas Eun Sang não respondia. Apenas seguia em frente pela calçada. Ao redor, a cidade seguia em alta voltagem, mais histérica que o normal. So ouvia tudo sibilar e apertava a cabeça, tonto.

— Eun Sang, para onde você está indo? — ele gritou para que a voz superasse o zunido urbano.

Andaram até a Ponte Mapo, sobre o rio Han. Eun Sang parou perto da lateral e um sensor ativou as luzes na borda de segurança, revelando uma frase escrita no parapeito.

"O que está te incomodando?"

Os olhos de So se arregalaram, como se estivesse diante de alguma verdade absoluta. Seus pés estacaram no chão, encarando os dizeres.

"O que está te incomodando?"

— O que está me incomodando — ele sussurrou — dói muito.

De repente, lembrou-se da amiga. Tinham se afastado. Procurou e a viu tentando se equilibrar na grade, o corpo balançando de forma instável em direção ao rio, sem equilíbrio. So gritou o nome dela com a voz esganiçada, o rosto em choque, dando impulso nas pernas para alcançá-la.

— Eun Sang!

Quando gritou, viu o som da própria voz sair lento, um peso morto, o chamado inútil virando vapor na noite fresca, porque Eun Sang estava decidida a pular. O desespero de So pareceu congelar em seu rosto e no tempo, as pernas querendo correr, mas pesadas, atrasadas demais para chegar; a agonia de quem passou a vida correndo e descobriu que, na verdade, sempre esteve no mesmo lugar.

— Eun Sang!

Ela o olhou, os olhos sem vida, e seu corpo caiu para a frente, como se fosse pedra. So agarrou o parapeito e a viu se chocar contra a água.

Caiu de joelhos no cimento, em prantos, os soluços arrebentando seu peito, de novo procurando em volta, como se quisesse achar o operador de tudo aquilo.

— Quem é você? — urrou tão alto que a voz falhou, as mãos no chão tentando agarrar o asfalto, o corpo chacoalhando com o choro.

Então So ouviu, pela primeira vez, a voz muda do instinto. Um aviso que veio como inferência. Uma informação dada como que pelo divino ou pelo inconsciente, algo que não poderia ser feito com intervenção da vontade. Mais uma sensação que um fato. E o que esse sussurro dizia era que So tinha um criador.

O corpo dele se eletrificou. Pôs-se em pé em um salto, obedecendo a um chamado. Olhou para o rio lá embaixo. Algo dentro de So o atraía para lá.

Pule.

Subiu no parapeito, encarou a água, a respiração tentando reencontrar o ritmo dentro do peito. No rosto imóvel, as lágrimas corriam livres.

— Eu não quero mais você na minha cabeça — ele sussurrou.

So fechou os olhos e o choro aumentou. Saltou em direção à água, em queda livre. E tudo ficou escuro e muito frio.

10

"Espere só mais um pouco. Vou fazer você passar por todas as portas que queira no mundo."

"조금만 기다려. 이 세상 모든 문턱을 넘을 수 있게 해줄게."

— *Heirs*
상속자들

Na manhã seguinte, Marina acordou com Tan batendo, avisando que deixaria as roupas na porta do quarto. Não eram oito da manhã ainda. Ela pegou a sacola pesada de roupas, tomou um banho, arrumou a cama. Sentou-se no chão, em dúvida se deveria sair ou não.

Na cozinha, a mesa estava preparada para o café da manhã. Havia um caldo quente e vários acompanhamentos. Tan andava de um lado para o outro, como se estivesse acordado há horas. Marina desceu as escadas e o cumprimentou, formal. Mas, como resposta, recebeu um pequeno sorriso. Ela estreitou os olhos, como se tentasse lê-lo. So chegou pouco depois.

O dono da casa pegou pratos em um armário alto. Levou-os para a mesa com uma garrafa de café. Com as coisas em mãos, antes de ajeitar tudo, ficou estudando o casal. So e Marina não se olhavam.

— Você não deve estar acostumada a comer isso de manhã — disse Tan, colocando uma xícara na frente dela. — Por isso fiz café. Não sei se é o que tomam no Brasil, mas deve estar mais próximo que... acelga com pimenta. — E apontou para o *kimchi* na ponta da mesa.

Marina agradeceu, sem graça com a gentileza. So o encarou sem levantar o rosto, como se dissesse "Eu sei o que você está fazendo".

Na mesa também havia uma travessa de vidro com empanados. Marina fez um movimento para segurar a borda e trazer a travessa para si, o que pareceu assustar Tan.

— Cuidado, está quente.

O roteirista moveu o braço e ia segurar o pulso de Marina para que ela não tocasse o refratário, mas So, com um tapa, afastou a mão dele.

— Ela não precisa da sua ajuda.

Um sorriso esperto se abriu no rosto de Tan, os olhos curiosos agora fixos em seu protagonista, como se analisasse um experimento. Disse:

— Ciúme? Eu não me lembro de ter criado isso em você.

— Então é assim que é a vida dentro de uma novela? — Marina falou, entediada. — E agora vocês pretendem fazer o quê? Brigar para ver quem vai ficar comigo? Um de vocês vai bater a cabeça, perder a memória e esquecer que me amava?

O roteirista riu, colocando comida no prato de So.

— Você não vai comer? Ei, eu me preocupo, ok? Anda, come alguma coisa, não quero ver você doente.

— Aliás, eu quero ir embora deste lugar. — Ela se serviu de café. — Quero voltar para casa.

— Para o ex-namorado que batia em você?

So o observava, pronto para agredi-lo se precisasse.

— Eu achei que você conhecia só os seus personagens — respondeu, cínica.

— Eu conheço você através do So. — E sorriu para ela, com interesse.

So ameaçou falar, mas parou como se alguém tivesse trancado sua garganta. A voz não saiu. Olhou para Lee Tan, furioso e assustado, com uma pergunta estampada em sua expressão. No meio da conversa com Marina, o roteirista olhou para o seu personagem de esguelha, com um leve sorriso de "Sim, eu fiz isso", e seguiu concentrado na garota, decidido a continuar o experimento.

— Por que não fica? — Tan disse a ela, e era como se So não estivesse na sala.

Marina ficou em silêncio por um instante. Olhou para o coreano que não era real e o viu agonizando como se fosse, a cabeça presa dentro de um saco plástico invisível. Então analisou o roteirista. Levantou as sobrancelhas, com a expressão de alguém pouco impressionado, e disse:

— Está sendo gentil para provocar o So?

Tan ficou quieto, o olhar de raposa.

— Por favor. Não ofenda a minha inteligência. — Ela deu mais um gole na xícara. — O personagem é ele, mas a melhor atuação é sua.

So fechou os olhos e respirou, aliviado. Alisou a testa com a palma da mão. Saiu da mesa. Marina o viu se fechar no banheiro e apertou os lábios, preocupada. Mas não foi atrás dele. Virou-se para Tan.

— Eu quero ir embora. Vai me ajudar ou não?

— Assim que as coisas aqui se resolverem, coloco você num avião para o Brasil — o roteirista disse, sério, o experimento encerrado. — Vai depender de você.

— De mim? Eu não tenho a menor intenção de facilitar as coisas para você.

Tan apontou para onde So estava e falou:

— Você não se preocupa com ele?

O cenho de Marina se contraiu. Ela olhou na direção do banheiro e encarou Tan. Do que ele estava falando?

— Este não é o mundo do So. Já pensou no que vai acontecer se ele ficar? — Então seu rosto ficou grave, o olhar oscilando no de Marina. — Você acha que ele é feito de carne? De ossos? Tecido? Um personagem é feito de motivação. Esse é o combustível, é o que faz ele se mover. Sem motivação ele se torna frágil, porque perde aquilo que o mantém vivo. Eu vi acontecer com a parceira dele. E ela pulou — anunciou com a voz fúnebre. — Eu perdi a minha personagem, talvez para sempre, não sei ainda. — Então baixou o volume da voz, o tom estava mais grave. — Se você tira um peixe da água, ele se debate um pouco, o que faz você acreditar, por um instante, que ele pode sobreviver na areia. Você torce, vendo ele lutar para se manter vivo, mas a verdade é que ele precisa da água para respirar. E morre tentando. — Fez uma pausa escura. Deu para ouvir Marina respirando. — O So foi criado para um mundo com conflitos específicos. E está longe deles. Eu me preocupo. Porque, neste momento, ele é como o peixe.

Ela engoliu em seco.

— E então? — Tan mordeu um pedaço de empanado e falou de boca cheia: — Vai me ajudar?

Marina levantou, deu a volta na mesa e parou ao lado de Tan. O roteirista também ficou em pé. Estavam um de frente para o outro agora. Ele ia sorrir, irônico, mas algo no rosto dela o fez recuar. Os olhos de Marina tinham ferocidade, mas também doçura, como se dissessem quem ela podia ser quando estava apaixonada. Tan congelou no lugar, o ar entrando em seus pulmões como se passasse por entre pedras. Estava fascinado, mesmo sabendo que a tristeza suave que a deixava tão linda era por causa de So. A brasileira passeava pelo rosto dele e movia os lábios, recitando palavras mudas. Ele acompanhava sua boca, atraído.

— Você e o So são iguais — ela disse, quase num sussurro, ainda reconhecendo o roteirista. Tocou com o indicador o canto da boca de Tan. Ele permitiu. Então Marina sorriu. — Talvez você seja a versão babaca.

Ele empurrou a mão dela de seu rosto.

— Você continua falando comigo como se tivéssemos intimidade.

— Eu já disse, só tenho esse coreano.

Ele aproximou o rosto do de Marina e retrucou, num tom grave:

— Então peça para ele tocar sua boca de novo — seus olhos foram para os lábios dela — e te fazer falar direito. — Pegou as chaves sobre o aparador ao lado da mesa, sem tirar os olhos de Marina. — Eu tenho que ir trabalhar.

Bateu a porta quando saiu. Ela se sentou, encarando a comida intocada. Pegou uma colher para tentar o caldo quente. Estava faminta. Mas interrompeu o trajeto da colher quando se lembrou de So. Olhou em direção ao corredor por onde ele tinha sumido.

A verdade é que ele precisa da água para respirar. E morre tentando.

Largou a colher sobre a louça, o ruído agudo ressoou.

— Droga.

Já pensou no que vai acontecer se ele ficar?

Ela esfregou o rosto. Olhou para Seul pelo vidro da sacada. E chutou o pé da mesa.

∼

O diretor começou a reunião com a equipe de produção. Tan era o único que não fazia anotações. A fala do executivo foi interrompida pela porta. Ji-Hye entrou sem bater, confiante, como se tivesse permissão para invadir salas em qualquer lugar do mundo. Tan revirou os olhos. Ela ainda se maquiava como uma integrante de banda de K-pop — o que deveria ficar estranho com as roupas sérias de produtora, mas nela aparentava bom gosto e não uma adolescência tardia.

— Ótimo, Ji-Hye, que bom que chegou. — O diretor levantou as mãos para os céus. — Entre, por favor.

— Acho que ela já entrou. — Tan sorriu também, mas cínico.

— Tan, pelo jeito a sua maturidade continua intacta — disse a mulher e arremessou a mala de viagem sobre o sofá de couro. — Então, do que estamos falando? Eu vi que vocês pararam de exibir a série do Tan. O que aconteceu? Não que eu esteja reclamando.

O roteirista procurou qualquer coisa sobre a mesa. Arremessou um pen drive contra ela. O diretor mandou um olhar de reprovação para Tan e respondeu:

— Tivemos um problema... inusitado. E, se mais alguém arremessar alguma coisa, vou ligar para uma psicóloga para tratar vocês.

— É verdade que o personagem está aqui? E que é mais bonito e melhor que o Tan, até amarrando cadarços? — Ji-Hye sorriu para o roteirista, sentando-se na cadeira diante dele.

— Por favor — o diretor alertou Tan ao vê-lo segurar um prendedor de papel. — Sejamos melhores que isso — disse em tom paternal.

— Está todo mundo comentando sobre o So. As meninas da recepção estão fora de controle. Fiquei até curiosa — Ji-Hye disse, soltando o cabelo do rabo de cavalo, pronta para seduzir quem quisesse. Então se recompôs, voltando a ficar séria para discutir a crise. — Como é que esse cara saiu de dentro de uma história? Alguém tentou descobrir isso?

— Sim, achei tudo sobre o assunto no Google. — Tan batia freneticamente o prendedor de papel na mesa.

— Você não tentou descobrir? Não fez nenhuma investigação? Escuta, o que você tem aí? — perguntou a mulher, apontando para a cabeça do roteirista. — Um nabo?

A discussão dos dois dispersou os outros participantes da reunião, que não pareciam surpresos com a interação truncada. Já tinham ouvido tudo aquilo antes. Começaram conversas paralelas.

— O So me odeia, Ji-Hye. — E se jogou para a frente, como se quisesse avançar.

Ela o mediu com um sorriso malandro no rosto e mordeu o lábio inferior.

— É compreensível.

Tan se ajeitou na cadeira, desconfortável, domesticado pelo olhar dela, sempre mais inteligente que o dele. Ji-Hye prosseguiu:

— Mas e a garota que veio com o personagem?

— A Marina não sabe como veio parar aqui. Ela o encontrou no banheiro de um aeroporto.

Algo na maneira como ele pronunciou o nome da brasileira, quase como se degustasse a palavra, não escapou de Ji-Hye. Encarou Tan como um lince, mas conteve a informação e prosseguiu:

— Que horas?

— O quê?

— Em que data? Que episódio do drama do So foi ao ar nesse dia? O que acontecia aqui na empresa enquanto ela encontrava o So nesse aeroporto? — Ji-Hye disparou. — E o mais importante: o que o criador do personagem estava fazendo no instante em que o So escapou?

Cada parte de Tan se contraía de raiva. Ji-Hye cruzou os braços e devolveu o olhar ferino. O diretor, que prestava atenção na conversa deles, comentou com um assistente, orgulhoso:

— Quando eu resolvi tirar esta moça das coreografias e trazê-la para a produção, teve gente que disse que eu estava louco. Mas a inteligência dela me traz mais dinheiro que a coordenação motora.

— Parece até que você não quer descobrir o que houve, Lee Tan — ela disse.

— Claro. Você chegou há cinco minutos e já tem tudo resolvido.

— Cuidado, Lee Tan. O falso, às vezes, é a verdade de cabeça para baixo. No universo da fantasia pode estar a realidade.

— Não faço ideia do que você está falando.

Ji-Hye estreitou os olhos e o estudou por um instante. Deu um sorriso debochado.

— Eu não acredito. Você está gostando da garota que o So trouxe com ele?

Tan segurou o dorso nasal, os olhos fechados, aborrecido.

— Mas você não sai com ninguém desde que...

— Eu não estou gostando de ninguém — ele respondeu entredentes.

— Acho que o Tan vai ficar muito feliz em receber a sua ajuda, Ji-Hye — o diretor falou e as conversas paralelas cessaram. — O personagem precisa voltar para o drama. Por isso te chamei.

— Para fazer o que o seu roteirista não está conseguindo. Entendi, senhor. — E desviou de um bloquinho de post-it que voou em sua direção.

— A idade mental de vocês despenca quando estão juntos, eu já disse isso? — O diretor suspirou, esfregando os olhos.

Tan e Ji-Hye se desculparam e se comportaram durante o restante da reunião. Ao final, a produtora puxou o roteirista pelo braço e o afastou dos outros. Então colocou a mão por dentro da jaqueta dele e o segurou na cintura, por cima da camiseta. Assim que os dedos dela o apertaram perto do abdome, houve uma pequena alteração na respiração de Tan. Ji-Hye percebeu, mas fingiu que não. Por causa disso, ele pareceu odiá-la ainda mais. Puxou o ar, impaciente.

— O que foi que você fez? — ela perguntou, chacoalhando-o de leve.

Tan penteou os cabelos com os dedos, contrariado, como se tentasse descobrir por que permitia o toque de Ji-Hye, ainda que o irritasse.

— Do que você está falando. — A pergunta saiu como uma afirmação entediada.

— Como esse personagem conseguiu sair, Lee Tan?

— Eu não sei.

Encontrou a mão dela embaixo da jaqueta. Tirou-a dali enquanto Ji-Hye falava:

— Você escreveu essa história, você criou esse cara. É claro que sabe.

— Você acha que se eu soubesse o So ainda estaria aqui, ferrando com a minha vida? Eu posso ser demitido! — Tan a mediu de cima a baixo. — Além disso, eu faria qualquer coisa para não ver você de novo. Incluindo enfiar o So de volta naquela droga de história, se eu soubesse como fazer isso!

Ela sorriu, marota, mas também chateada.

— Claro que você não queria me ver de novo. Eu sou realidade demais para você.

Tan baixou o olhar.

— Não sei — ela deu um passo para perto dele —, mas algo me diz que você está fingindo que não sabe o que aconteceu.

— E por que eu faria isso? — perguntou Tan, aborrecido.

— Processo de negação. — Com um dedo, ela virou o rosto dele para que a encarasse. — Parece muito algo que você faria.

Ele deu mais um passo e agora estavam bem perto. O dedo de Ji-Hye ainda estava em seu rosto. Escorregava para seus lábios, mas Tan segurou o pulso dela. Sussurrou, irritado:

— Pare de falar de mim como se ainda me conhecesse.

— Eu não consigo evitar — ela falou mais baixo, afetada pela proximidade. — É como um reflexo.

Eles se encararam por um instante, a respiração dele acelerada, nervoso porque tantos meses longe não tinham mudado nada entre eles. Os olhos dela ainda podiam escaneá-lo, e Tan queria segurar os lábios dela com os seus e gritar para que ela parasse. A testa do roteirista estava contraída vendo Ji-Hye estudá-lo daquela maneira, espalhando pela empresa inteira o mesmo perfume cítrico que, ele apostava, tinha borrifado no colo, perto do pescoço.

— Ji-Hye? A partir de agora, por que você não finge que nós não temos intimidade?

— É a Irene, não é?

A respiração de Tan deu um solavanco. As pernas vacilaram. Abriu e fechou os olhos, como se quisesse espantar uma tontura, e disse enquanto os esfregava:

— Como você consegue dizer o nome dela com tanta facilidade?

— Por isso você está negando o que está acontecendo. — Ela enfiou novamente as duas mãos por baixo da jaqueta e o segurou pela cintura.

Ele falou por cima dela, a voz angustiada, como se uma agulha entrasse um pouco mais em sua espinha cada vez que ela insistia em falar do assunto:

— Não tem nada a ver com a Irene.

— Foi isso que tirou o So da história. Não foi? Meu Deus, a força dessa...

Tan saiu da sala antes que ela terminasse a frase.

∽

Era tarde, mais de uma da manhã. Marina estava sentada na cama, no escuro, olhando para o vazio do quarto, incomodada com a luz neon da cidade que entrava pela janela. Abraçou a si mesma. Então se levantou, saiu e bateu na porta ao lado.

— So?

Sem resposta, tentou abrir. Estava trancada. Ia voltar para o quarto quando ouviu o barulho da fechadura.

— So? — Forçou a porta, mas continuava trancada.

— Eu não posso encostar em você. — A voz passou pela madeira, abafada, dolorosa.

— Por que você não abre? — A mão de Marina, espalmada na porta, queria atravessar o obstáculo para tocá-lo.

— E cada vez que eu tento...

O silêncio dentro do quarto agitou Marina.

Eu me preocupo. Porque, neste momento, ele é como o peixe.

— So? So. — Esmurrou a porta.

— Eu não devia ter gostado de você, ter te trazido para cá. Fiquei bravo quando você disse isso. Porque você tinha razão.

— Não interessa mais, agora eu já estou aqui. Abre, por favor. — E apoiou a testa na porta, os dedos pressionados contra a madeira, prontos para rasgá-la.

— O Tan vai deixar você ir para onde quiser assim que eu voltar para a história.

— Eu quero ficar! — E esmurrou de novo.

— Marina, tem algo errado comigo! Tem uma corda amarrada no meu pescoço, uma coleira, e eu não consigo me soltar. — A voz dele estava embargada pelo desespero. — Eu vou ter que voltar, não tenho opção. E prefiro que você não esteja aqui quando isso acontecer.

— Eu não vou embora — disse ela, os olhos cheios de lágrimas, os dentes cerrados, agora com raiva.

Ouviu passos apressados no piso dentro do quarto. A voz de So agora estava mais nítida, como se ele estivesse com o rosto colado na porta:

— Eu vou virar uma droga de um boneco, que repete frases gravadas, sem vida! Vai ser como olhar para um homem morto, é isso que você quer?

— So, abre a droga da porta! — gritou, com raiva. — Me deixa entrar. — Estava implorando, mexendo na maçaneta. — Por favor. A gente pode achar um jeito, vamos pelo menos conversar.

— Por isso eu não beijei você aquele dia, na sua casa. Quando eu tento, sou puxado para trás, e dói, como se tivesse ganchos enfiados nas minhas costas.

Marina acariciou a porta. So estava muito perto. Só havia a madeira entre eles.

— Você não vai abrir? So? So! — E esmurrou mais uma vez.

— Vai embora, Marina. Por favor.

Ela o chamou mais algumas vezes, mas dentro do quarto nenhuma outra resposta foi dada.

— Mas eu não tenho para onde ir... Não sei o que fazer.
— Ela lamentou baixinho.

Marina sentou no chão e chorou. Envolveu as pernas e escondeu o rosto entre os braços. Chorou até pegar no sono.

Viu o ex-namorado, bêbado. Ele a pegava desprevenida. Entrava quando Marina estava dormindo e a arrancava da cama pelo pescoço. Chacoalhava-a, os pés dela procurando o chão, o pânico terminando de esgotar o ar dos pulmões. Ela tentava implorar, mas o urso a estrangulava com força, soltando o hálito quente de conhaque.

Acordou num susto. Olhou em volta. Continuava na porta do quarto de So. *Foi só um pesadelo, foi só um pesadelo.* Procurou ao redor, limpando as lágrimas. Levantou, escorando-se na parede.

Foi só a droga de um pesadelo.
Foi só a droga da minha vida.

Caminhou devagar até a escada. Além do choro, agora parecia entorpecida. Viu a sacada lá embaixo. Desceu. As meias silenciavam os passos.

A porta de vidro fez um som abafado sobre os trilhos de alumínio. Marina soltou o coque e deixou o vento gelado e a luz neon de Seul bagunçarem seus cabelos. Fechou os olhos e respirou fundo, tentando refrear o desespero. Andou até o parapeito e subiu na elevação de cimento, encaixando os pés no espaço entre o granito e o vidro da sacada. Inclinou-se para a frente, a barriga no parapeito, a calçada lá embaixo.

Assistiu às lágrimas sumirem no precipício e deu risada. Forçou o corpo mais um pouco para a frente, curiosa sobre como seria voar com elas. Amoleceu com a tontura, as pernas esitaram, o ar desapareceu e não conseguiu gritar. Os pés flutuaram e o corpo ficou pendurado na barra de alumínio como uma gangorra. Finalmente estaria livre.

Mas um braço a enganchou e Marina foi puxada num tranco. O impulso os jogou para trás e as costas de Tan bateram violentamente contra o vidro da porta da sacada. As de Marina foram amortecidas pelo peito dele. Não se moveram. Tan respirava em seu ouvido. Rosnou, ainda ofegante:

— Ficou maluca?

Tan tinha corrido da outra extremidade da sacada, onde estava sentado no escuro. Os braços continuavam em volta dela, firmes, como se não confiassem que Marina tivesse desistido do parapeito. O som da respiração era alto para ela, estando a boca dele tão perto. Marina tremia um pouco e não disse nada. As lágrimas escorriam sem esforço, como se tivessem vida própria. Ela girou para olhá-lo, e Tan pareceu surpreso. Marina encarou o rosto quadrado dele e os lábios entreabertos. Levantou a mão devagar, os dedos bobos no ar, e tocou-o na boca. Mais uma lágrima caiu.

— O que você está fazendo? — ele perguntou.

Ela se inclinava para beijá-lo. Tan a chamou e, como se acordasse de um feitiço, Marina arregalou os olhos e o empurrou. Arrumou os cabelos, envergonhada, e ia sair, mas parou ao ouvi-lo dizer:

— Ele não vai abrir a porta.

— Ele gosta de mim. Por que não abriria? — A vergonha reprimia a firmeza da voz.

— Porque eu o criei assim.

— O quê? — Ela riu, num misto de nervosismo e raiva.

— Ele é o protagonista de um drama de horário nobre. O que você esperava? Ele é o galã puro na história que eu criei. Não vai abrir a porta porque não pode trair a Eun Sang.

— Pare de falar, ok? — Ela apertou os olhos, mais lágrimas saíram.

— Você não entendeu ainda? Tecnicamente ele não é real.

Ela deu um tapa no peito de Tan e houve um som alto e seco, como se ela tivesse batido com um taco no chão de carpete. A força o jogou contra a parede. Atravessou o braço no peito dele, pressionando para que não se movesse. Aproximou o rosto até quase beijá-lo. A expressão de Marina era de fúria.

— Eu disse — a voz dela saía por entre os dentes — para você parar de falar.

Tan estudou seu rosto, então olhou para a blusa que ela usava.

— Isso é meu.

— A sua empresa não me deu roupas confortáveis. Eu gosto desse moletom.

— Eu também gosto.

Por um instante, Marina pareceu confusa. Gostava nela?

— Fica melhor em mim.

Ela o largou, jogando-o contra a parede, e saiu. Tan massageou a região do tórax que ela tinha acertado. Foi até a geladeira pegar uma bebida e, depois, para o escritório. Ligou o computador e começou a escrever.

O segredo de Marina era que ela tinha medo de poucas coisas. Os olhos de gato selvagem desmentiam o rosto delicado. O cabelo negro tinha a mesma cor de seu sofrimento. O braço escondia o poder de uma amazona. Tudo porque amor ardia dentro dela. Um amor que se debatia em agonia porque ainda não pertencia a ninguém.

❞

"*Em vez disso, vocês deixarão de ser pedaços espalhados, mas, como em um quebra-cabeça perfeitamente montado, formarão uma imagem mais bonita.*"

"대신, 더 이상은 흩어진 조각이 아니라, 제자리에 꼭 맞춰진 퍼즐 처럼, 더 멋진 그림으로."

— *Kill Me, Heal Me*
킬미힐미

No quarto, Marina estava sentada no chão, escrevendo com uma caneta em folhas de papel que tinha achado na gaveta da cômoda ao lado da cama. Terminava uma frase quando a tinta pareceu acabar. Chacoalhou a caneta e tentou escrever, mas as palavras continuavam invisíveis sobre a folha.

De repente, ouviu um barulho no quarto de So. Como se algo tivesse caído no chão. Ajeitou o monte de papéis em branco junto dos que já estavam completos de texto e escondeu tudo dentro do guarda-roupa. Abriu a porta apressada e deu de cara com Tan, que passava em direção à escada. Porque Marina olhou para a porta do quarto de So, o roteirista disse, numa tentativa de distraí-la:

— Eu fiz café.

— Mas o So...

— Ele já desce também. Está terminando de se arrumar. Vamos, vai esfriar.

~

Desculpe ter feito você ficar perto de mim por tanto tempo contra a sua vontade. Você devia estar tão triste e sozinho... Será que você é tão bom assim a ponto de me perdoar? E de me tirar daqui?

So acordou no chão, ofegante, os olhos assustados. Tinha sido jogado para fora da cama pela aflição da voz em seus sonhos. Procurou em volta, no quarto do apartamento do roteirista. Era tanta angústia que parecia palpável, vinda de fora, um espectro do mundo dos mortos. Respirou, mais calmo. O que quer que fosse, tinha ido embora. Enfiou os dedos nos cabelos, como se quisesse arrancar com as mãos os ruídos de dentro da cabeça. Deitou e sentiu o piso de madeira nas costas. Transpirava.

Fechou os olhos e procurou relaxar. Mas a angústia voltou, como se ele estivesse caminhando por uma estrada silenciosa e um carro o acertasse pelas costas sem aviso. Arregalou os olhos e puxou o ar, a cabeça presa novamente em um saco plástico invisível.

Por favor, So. Seja bom comigo só mais uma vez. Por que estou aqui? É uma punição pelo que eu fiz com você? Quero voltar para casa.

So se curvou no chão, a voz queimando dentro dele, transformando-se em um chamado.

— Eun Sang?

Ela não tinha desaparecido, então? Estava presa em algum lugar?

Andou pelo quarto, enjaulado na própria impotência. Esfregava os olhos, molhados com as lágrimas, o desespero de Eun Sang potencializando o seu próprio. Precisava ir até ela, mas para isso teria que roubar a caneta das mãos daquele que o controlava e suportar a punição que viria por ter tentado. A represália do roteirista poderia esmagá-lo de vez, e a grandiosidade disso o perturbava. Tremia com o medo de ser asfixiado de novo, mas, dessa vez, até ser extinguido. Agachou-se. Por que doía tanto?

Pule, Kim Joo So.

So levantou o rosto, alerta. Ficou de pé. Era a outra voz, aquela que ouviu antes de seguir Eun Sang na ponte — a que, no início, pensou ser do roteirista.

Pule.

Viu-se no espelho. Os olhos medrosos foram se fechando à medida que, dentro de si, tomava uma decisão. Não poderia voltar ao mundo de onde saiu, porque Marina já o havia mudado. E, ainda que quisesse retornar como uma marionete que confessava sentimentos à garota que não amava, não poderia, porque nada mais em sua vida antiga estava no lugar. Só havia uma possibilidade, uma tentativa, um caminho para So, com duas hipóteses de final: respirar livre ou desaparecer para sempre. O plano era tomar a autoria da trama para si. Tornar sua a própria história.

Para salvar a si mesmo, precisava, primeiro, salvar Eun Sang. Andando de um lado para o outro no quarto, So calculava. Seria mais uma ruptura na narrativa à qual estava preso. Se enchesse de rachaduras a estrutura que Lee Tan havia construído e que escravizava o personagem, talvez conseguisse torná-la vulnerável e, assim, dominá-la.

Fechou os olhos. Precisava achar Eun Sang. Ela também tinha pulado, mas, diferentemente dele, havia desaparecido. De onde o chamava? Repassou os dias no Brasil, desde quando Marina o encontrou no aeroporto até a fuga, para escapar do ex-namorado.

O ex-namorado.

Na noite em que brigaram na garagem, aquela em que So defendeu Marina, ele ouviu o monstro falar em coreano. Depois que ela desmaiou, So se lembrava de ter discutido com o homem bêbado, mas não em português. Em coreano. Talvez ele tivesse causado aquilo, como havia feito com Marina ao tocá-la.

— Mas eu ainda não tinha chegado perto dele... Não fui eu que o fiz falar na minha língua...

A boca de So se abriu, em choque, porque a resposta o acertou no estômago.

— Eun Sang — ele repetiu, a voz cheia de compaixão pela moça delicada, de pele perfeita e sorriso puro, que entrava na cafeteria em que costumavam se encontrar sempre tão feliz por vê-lo.

～

Na cozinha de Tan, em estilo americano, ele e Marina tomavam café da manhã no balcão, sentados em banquetas altas, um perpendicular ao outro. O roteirista a vigiava por entre a franja escorrida no rosto. Toda vez que desviava o olhar por um instante, Marina aproveitava para checar uma caneta que repousava perto do jogo de facas. Cobiçava o objeto como se fosse ouro. Conseguiria alcançar se esticasse o corpo o suficiente. Mas teria que esperar o momento certo, para que o escritor não a visse.

Às vezes, movia o olhar para a direita, para ver se Tan a encarava, e aí o roteirista desviava, evitando ser flagrado. Em determinado momento, teve a impressão de que ele estava hipnotizado por seus lábios, úmidos de café, que ela gostava de escorregar na louça da xícara sempre que tomava mais um gole. Uma onda do seu cabelo castanho e ondulado insistia em cair para a frente quando ela se inclinava para beber. Tan parecia reparar nisso também, deslizando a lateral do dedo indicador nos lábios entreabertos. Distraído, derrubou um dos talheres no chão. Abaixou-se e Marina, num movimento rápido, esticou-se, pegou a caneta e a escondeu dentro da manga comprida.

Foi quando So saiu do quarto. Desceu as escadas com tanta pressa que Marina ficou em pé, preocupada, porque ele estava visivelmente alterado. Quando os dois se olharam, Tan também levantou, atento ao que fariam ao se encontrarem.

Uma rajada de vento jogou os cabelos dela para trás. Não era mais Marina ali, mas uma entidade. Os lábios estavam hidratados demais, a pele parecia polida, os gestos continham uma espécie de cremosidade. O olhar triste não era o de uma mulher, mas o de uma sereia, uma pintura, um traço sofisticado de mangá. So parecia melancólico, morrendo aos poucos por não poder tocá-la.

— Eu queria conversar com você — ela disse num tom suplicante.

Era como se estivessem detidos em um aquário, enfeitiçados um pelo outro, em um lugar que Tan não podia alcançar. Marina deu um passo e o roteirista, sem pensar, colocou-se entre os dois. Segurou-a pelo braço e disse:

— Você não pode.

A atitude fez algo invisível se romper. A aura dourada em torno de Marina se dissipou. So ameaçou avançar contra seu criador, mas desistiu.

— Eu não tenho tempo para isso agora.

Marina olhou para a mão de Tan em seu braço e então procurou os olhos dele, o movimento em câmera lenta, fazendo com que seu estranhamento fosse notado.

— Isso foi incrível. — O roteirista falava com entusiasmo exagerado, como se quisesse desviar a atenção do fato de que tinha agido como se estivesse com ciúme. — Foi como se a veneração que você tem por ela tivesse aberto uma espécie de janela — soltava Marina discretamente enquanto falava, o que não escapou ao seu protagonista — por meio da qual o mundo pode enxergar a sua... namorada da mesma maneira que você enxerga.

So riu em afronta e depois ficou sério.

— Se você chegar perto dela, eu juro que...

— So, aonde você vai? — Marina interrompeu. Procurava o olhar dele, uma reação, um pedido para se aproximar de novo.

— Vamos parar com isso, ok? — Tan adquiriu um tom mais amigável, impedindo que o clima romântico entre o casal se mantivesse. — Quero redesenhar a minha história, a que eu criei para você, So. E quero que você faça isso comigo.

So deu um passo à frente como se estivesse armado, mas sem pressa de sacar. A voz saiu pontiaguda, na temperatura de uma lâmina:

— Quem disse que a história é sua?

Um sorriso orgulhoso se abriu no rosto de Marina.

— Do que você está falando? — Tan tentava parecer bem-humorado, como se não tivesse notado a animosidade. — Como poderia ser de outra pessoa?

— A história só existe porque eu existo. — So parou um instante e o receio reluziu como um pequeno ponto em seu olhar, um farol que se vê ao longe no meio do oceano. Engoliu, a decisão sobre se salvar tremulando dentro de si, um pedaço de papel de seda que mal se mantém inteiro em um vendaval. — Ela é... — Hesitou. — Ela devia ser minha.

Marina se angustiou, vendo-o tão vulnerável. Mas ficou em silêncio. Não poderia se intrometer, sendo alguém que compreendia tão bem a força e a consistência que somente ferimentos adquiridos ao lutar pela própria sobrevivência podiam imprimir.

— Eu criei você. — Tan, por sua vez, não demonstrava nenhuma insegurança. Era um cirurgião pronto para realizar amputações.

Os olhos de So viraram espelhos, a dor vindo à superfície, refletindo com intensidade o sofrimento de quem tolerou por tanto tempo o tormento, amordaçado, enjaulado em comportamentos que não eram seus, agonizando com sorrisos que eram desenhados em seu rosto, escondendo seu semblante desesperado. Como ele ousava dizer que o havia criado? Dentro de So, a incerteza cessou a tremulação e ele disse, com a segurança de quem não se deixaria ser oprimido de novo:

— Não. Fui eu quem fiz você. Ou não lembra mais? Que graças a mim você conseguiu esconder o seu segredo?

Tan empalideceu. Segurou-se à mesa. E respondeu, tentando esconder que havia sido atingido:

— Cuidado, So. Você é só um personagem.

— Às vezes, é você quem se parece com um.

E houve um silêncio, a frase ricocheteando pela sala. Marina afiou o olhar. So parecia mais alto e imponente. Suas feições contornadas por bravura davam a ele uma beleza nobre e idealizada, reflexo de uma transformação interna real. Ele não era mais o mesmo desde que o havia encontrado no aeroporto.

— O que você fez com tudo o que doía em você, Lee Tan?

— Você está questionando...

— O que você fez? — So repetiu, a voz mais firme que antes. — Onde está tudo aquilo?

— ... o que não conhece! — Tan gritou. — Você não sabe do que...

— Em mim — So o interrompeu, mas a voz agora era um sussurro, contornado pela mágoa. — Tudo aquilo está em mim — disse, batendo no próprio peito. — Esse luto que não cessa, quem devia estar carregando? Eu ou você? — Os olhos furiosos estavam cheios de lágrimas. — Eu ou você?! — Parou, ofegante. — Quer falar sobre isso, roteirista?

Tan se calou, o rosto petrificado, a dor da qual So falava saindo de um túmulo que havia cavado dentro de si, o medo de ter de olhar para ela uma vez mais apagando toda a esperteza dos olhos do roteirista. So puxou o ar para recuperar o fôlego e disse:

— Eu conheço você, Lee Tan. Conheço a sua perda, porque você a jogou dentro de mim. Mas agora eu vou devolver tudo para você. Porque essa dor é sua. Não minha.

Eles se olharam e, por um instante, não se odiaram. Nos olhos do personagem havia uma tristeza de quem acaba de admitir para si que resguardava alguma compaixão por aquele roteirista que não sabia o que fazer com a própria escuridão na alma. Do outro lado da sala, o escritor parecia indefeso, os olhos apavorados pedindo perdão para sua criatura por todo o sofrimento que lhe tinha causado, e também ajuda, porque não sobreviveria àquela dor novamente.

— Estou indo — So disse por fim.

— Para onde você vai, So? — o roteirista perguntou, fingindo uma autoridade de pai, mas menos confiante que antes.

— Buscar a garota que eu e você empurramos daquela ponte.

— Que garota? — Marina finalmente falou. — Quem é ela?

So não disse nada, apenas olhou para Marina com tristeza. E saiu. Ela o seguiu.

~

Quando ficou sozinho, o roteirista não se moveu por um minuto inteiro, os olhos fixos no nada. Então segurou a xícara e a arremessou contra a parede. O café espirrou pelo tapete como sangue na cena de um crime. Andava em círculos, respirando rápido, emitindo um som gutural, um grito reprimido. Jogou o prato contra um espelho, os estilhaços cantaram, e Tan socou a parede uma, duas, três, quatro, cinco, seis vezes. Caiu de joelhos no chão, soluçando, as mãos esmagando os olhos.

O rosto de Irene, encharcado do choro, voltou à sua mente.

Viu a si mesmo mais jovem, jogado em um sofá no camarim, ao lado dos outros integrantes do grupo do qual fez parte no começo da carreira, antes de ser roteirista. Todos estavam ofegantes e esgotados. Irene, que era dançarina de uma girl band da mesma empresa, dizia em seu ouvido:

— Eu estou morta.

A frase ecoou pela cabeça de Tan, a respiração acelerou, até que colocou as palavras no lugar certo. Estavam conversando sobre os treinos daquele dia.

— Estou morta, de verdade. Se eu repetir a coreografia mais uma vez, acho que vomito.

— É a coreografia para o videoclipe que você vai gravar em dois dias, Irene. Dois. Dias — o jovem Tan disse em tom sério, checando o relógio na parede.

— Você é o único que decora coreografias em duas ou três execuções. Mas não dá para levar em consideração, você é uma anomalia.

— Você só está ensaiando há quatro horas. — Tan riu, brincalhão. — Devia ser menos preguiçosa.

— Por que você sempre ignora os meus elogios? E o seu cabelo está nojento — disse ela, mexendo na franja de Tan.

Um homem de agasalho, com um fone de ouvido bluetooth, apareceu na porta do camarim. Desligou uma ligação apertando o aparelho no ouvido e ia começar um anúncio, mas viu a garota sentada ao lado de Tan.

— Ei, Irene. Você não devia estar com as garotas do seu grupo?

— Estou aprendendo sobre teoria da dança com os meus queridos *oppas, sumbae* — ela respondeu com um sorriso malandro.

O homem concordou, revirando os olhos, e encarou os garotos do grupo com reprovação.

— Vocês precisam repassar várias sequências. Ainda não está bom.

O empresário começou a dar bronca em um dos membros, que andava demonstrando pouco comprometimento com o trabalho, e Tan aproveitou para espiar o celular. Na página oficial do seu grupo, já havia incontáveis mensagens de feliz aniversário das fãs para ele. Tan sorriu lendo os recados carinhosos. Olhou em volta. Ninguém parecia lembrar.

— Vocês precisam se esforçar mais. — O empresário falava agora com todos os membros. — Isso deve estar memorizado até amanhã. Vocês vão sair daqui de madrugada, se precisar.

Todos concordaram em um coro. Tan suspirou, desanimado.

— Prometo que vamos comemorar, ok? — Irene cochichou.

— Ei, onde você esteve nos últimos cinco dias? Tinha gente na empresa fofocando sobre você estar internada em um hospital psiquiátrico. — Ele riu do rumor como se fosse absurdo. — Eu falei que você devia estar com algum namorado. Estava?

— Você está fazendo dezoito anos — ela passou por cima do que Tan havia dito, como se a frase nem sequer tivesse saído da boca dele —, é quase oficialmente um adulto perante a sociedade coreana.

— Um quase adulto coreano que nunca namorou.

— Você pode namorar comigo enquanto a Ji-Hye não aceita sair com você.

— Idiota. — Tan a socou de leve no braço. — Ela nunca vai sair comigo.

— Só se for completamente maluca.

— Você é amiga dela. Por que não quer me ajudar?

Irene abaixou a cabeça e sorriu, desanimada.

— Mas também me dá um certo alívio — Tan continuou, alheio à reação da amiga sentada a seu lado.

— Por quê?

— Acho que você mijaria nas calças se ela aceitasse.

O riso de Irene durou pouco, porque o empresário chamou:

— Tan, é a sua vez de praticar o solo. Vá se arrumar, as maquiadoras já estão no estúdio esperando.

O que aconteceu depois disso foi documentado em vídeo por um dos funcionários da empresa. Tan saindo da sala, o grupo se reunindo com o empresário para combinar uma surpresa, o homem dizendo que tiraria Tan do ensaio a qualquer momento e seria duro ao corrigir um erro que ele não tinha cometido — a mentira seria só para criar tensão. O vídeo foi postado na página do grupo e a internet inteira viu.

Somente Irene aparecia questionando na gravação:

— Por que fingir que estão decepcionados com ele? Ele é muito dedicado. Uma bronca assim vai destruir o Tan.

Mas o restante ignorou a garota, que, por não ser integrante da banda, não deveria dar opinião.

A surpresa foi colocada em ação. Tan foi tirado do ensaio e levado até o camarim para um sermão que durou dez minutos. Demorou tanto que precisou ser acelerado na edição final do vídeo. O aniversariante também ouviu dos colegas de grupo acusações sobre estar atrapalhando o ensaio. Tentou se explicar, mas em certo momento apenas apertou as mãos e abaixou a cabeça, aceitando a correção. No vídeo, Irene aparecia em um canto da sala, quieta, os braços apertados contra o corpo, o rosto angustiado. Vigiava Tan o tempo todo.

Até que alguém entrava com um bolo, velas, e todos começavam a cantar parabéns. Tan explodia em lágrimas quase desesperadas ao ouvir os outros integrantes e o empresário dizerem que tudo não passava de uma brincadeira, que ele não tinha falhado de verdade. Durante o coro de parabéns, apenas Irene não estava mais no vídeo. Pouco antes de a surpresa ser revelada, ela saiu da sala para se esconder no banheiro. Chorou aos soluços, mordendo o braço para não fazer barulho. Sussurrou o nome de Tan uma vez.

~

Os carros passavam em alta velocidade pela ponte em que Marina corria atrás de So. As placas de direções com dizeres em coreano e o som alto das buzinas pareciam mais assustadores. Via-o a trinta passos de distância, sob a chuva fina e o vento gelado, e não era capaz de alcançá-lo, por mais que corresse. Era ele quem a afastava?

— So!

Embaixo dos pés de Marina, o rio pareceu mudar de humor. A água plana se agitava como se fosse mar, conturbada por algo que ela não conseguia ver.

— So! Eu não vou correr atrás de você para sempre!

Só então ele parou. Mas não se virou.

— Você acha pouco ter me deixado sozinha em um país que não é o meu? Não basta eu ter me apaixonado por você e descoberto que você não tem planos de ficar comigo? Será que você pode pelo menos me explicar alguma coisa? Quem é essa garota que pulou?

Via-o de costas. Ele deixou a cabeça cair, como se tudo o que tinha ouvido o tivesse machucado. Virou devagar, olhou-a com tristeza e disse alto, para ela escutar de onde estava:

— Eu não sei como explicar, mas preciso ajudar uma amiga.

— Por que você não fica? Comigo. — Marina deu um passo à frente.

Ele sorriu, apaixonado por ela. Colocou uma das mãos no parapeito da ponte.

— Você é muito mais inteligente que eu. No meu lugar, já teria resolvido tudo.

Marina deu mais um passo, cautelosa, como se não quisesse espantá-lo.

— Me deixa ficar perto de você.

So a admirou, e seus olhos se encheram de amor por ela.

— Por favor — Marina sussurrou.

— Eu sou tão egoísta. — Ele riu com desgosto. — Tudo o que consigo pensar é que ele vai tentar se aproximar de você. E que eu não vou poder fazer nada. Não posso mais pedir para você esperar por mim.

— Então não me faz esperar — ela falou mais alto, a voz transpassando o barulho dos carros. — Fica, So.

Ele subiu no parapeito e ficou em pé na borda de segurança. Os olhos dela se arregalaram, um filete de água gelada escorreu por sua espinha.

— So. Vamos conversar primeiro, ok?

— Eu tenho que fazer isso, Marina. Sozinho.
— Não, espera!
Ela correu, gritando o nome dele. E, novamente, So pulou.

A ferocidade de Marina o agitava, fazendo com que ele se sentisse em um barco que balança sobre as ondas em uma tempestade de lua cheia. Quando se deu conta, estava pensando que ela era uma mulher fascinante e que seria capaz de voltar no tempo só para conhecê-la antes de So. E se flagrou irritado com o seu coração, que amolecia cada vez que olhava para ela. Uma noite, na cozinha do apartamento, quando So já tinha ido, prensou Marina contra a geladeira e percebeu nos olhos dela que ele também a inquietava.

12

"Fica comigo hoje?"

"같이 있을래 오늘?"

— *High Society*
상류사회

Era tarde da noite e Lee Tan continuava na empresa. Em sua sala, encarava o computador.

Marina mantinha sua solidão em compartimentos secretos, que abria somente quando ninguém estava olhando. Nunca falava a respeito das agressões do ex-namorado ou do medo de não ser amada de novo.

Há horas olhava para o trecho sem digitar nada novo. A memória insistia em trazer as sensações da noite em que a vira na sacada e enganchara o braço em sua cintura para puxá-la num tranco. O impulso que os jogou para trás, as costas dela amortecidas em seu peito. Tan aspirava o cheiro do cabelo comprido e ondulado quando sussurrou no ouvido dela:

— *Ficou maluca?*

Os braços continuavam em torno de Marina, movendo-se com o abdome, que subia e descia com a respiração ofegante. Ela tremia um pouco, em silêncio, e, quando girou o corpo para olhá-lo, os lábios de Tan se entreabriram, surpresos. Ela o tocou na boca.

O roteirista mordeu o lábio com a lembrança.

Bateu a tampa do laptop, furioso.

— Por que o So tinha que trazer alguém com ele? *Aish!*

Foi até a janela. Mas não enxergou Seul, e sim os lábios dela deslizando pela xícara, molhados de café. A imagem o desarmou. Fechou os olhos, apoiando a testa no vidro, as mãos espalmadas na janela.

— Você não sente nada por ela.

Alguém bateu na porta. Era Ji-Hye.

— Não vou perguntar se posso entrar porque sei qual seria a resposta.

O roteirista apoiou as costas no vidro e colocou as mãos nos bolsos.

— O que você quer, Ji-Hye? São onze da noite. Por que não foi para casa ainda?

— O diretor me pediu para descobrir se você já sabe como colocar o So de volta na história. — Ela girava um pirulito vermelho na boca. — E, a julgar pelo formato das suas sobrancelhas, eu diria que ainda não.

— Eu não tenho certeza se não sei como levar o So de volta ou se não quero. Não imaginei que ele sofria tanto... — sussurrou para si mesmo.

— O quê?

— Não é nada. — O roteirista chacoalhou a cabeça para afastar a confissão. — O So saltou daquela maldita ponte. De novo. — Esfregou a testa, cansado.

— Como assim? Ele simplesmente pulou?

— Da Ponte Mapo.

— No rio Han? — Ji-Hye pareceu confusa por um instante, mas sorriu em seguida, o plano de provocá-lo fazendo seus olhos brilharem. — Bom, você deve saber o motivo. O diretor me disse que você consegue ler a mente do...

— Eu não sei o motivo. Desde que ele voltou, não me vem mais nada sobre o So.

Ji-Hye acomodou o pirulito na bochecha.

— Como um roteirista de competência razoável, você deveria saber que é impossível manter um bom personagem sob controle.

— Do que você está falando? — Lee Tan perguntou com uma voz entediada, olhando pela janela.

— O So é um protagonista, ele precisa fechar a jornada. E é incapaz de interromper esse processo. — E caminhou até Lee Tan. — Ele precisa continuar se movimentando. Toda vez que ele tenta parar, é como... — pensou, girando o pirulito na boca — ... se alguém enfiasse um arpão bem no meio das costas dele. — E o cutucou nas costas com o dedo, para simular o que dizia.

— Jornada... — Riu, debochado. — Eu perdi a minha personagem por causa do So. A Eun Sang pulou de uma ponte porque ele escreveu num maldito bilhete o que sentia, antes que eu pudesse fazer qualquer coisa para evitar. E agora ele está fora de controle. Isso não é uma jornada.

— Talvez o seu personagem tenha desenvolvido uma motivação que você não tinha previsto.

Tan perguntou, o olhar ainda fixo em Seul lá fora:

— Por que você voltou, Ji-Hye? — Só então a encarou. Seu olhar havia mudado, uma dor se debatia nele para sair, cada vez mais impetuosa.

— Não era assim que você costumava olhar para mim — ela disse, tirando o pirulito da boca e jogando-o na lixeira perto da mesa de trabalho.

— Você me faz lembrar dela.

Ji-Hye reconheceu o medo no rosto de Tan, a fragilidade que ele nunca mais tinha mostrado, como se tivesse espiado pela cortina do trauma atrás da qual ele se escondia havia tantos anos. Suspirou de saudade da pessoa que ele tinha sido no passado. Quis abraçá-lo. Em vez disso, cruzou os braços.

— Você é bom com a ficção. Não com a realidade.

— Eu odeio a realidade — ele rosnou, esmurrando o alumínio da janela. — Eu odeio o que aconteceu com a Irene. Eu odeio não ter feito nada para que não acontecesse.

O olhar de Ji-Hye era amoroso, de quem entendia por que o rapaz que conhecera na adolescência, tímido e afetuoso, tinha se tornado aquele homem tão amargo.

— Tan, você precisa dar um jeito de superar isso. Essa dor está ganhando força. As coisas estão saindo do controle.

Tentou tocá-lo, mas o roteirista se afastou.

— Vá embora, Ji-Hye. — Seu olhar era cruel, as mãos apertavam a esquadria de alumínio, os nós dos dedos começando a esbranquiçar.

— Eu quero ajudar. Eu me importo com você — ela sussurrou a última frase.

Ele deu um tapa no vidro e foi como se um avião tivesse passado rasante pelo prédio. Disse com o rosto bem perto do dela:

— Mas eu não. Eu não gosto de olhar para você. Dói como se eu estivesse olhando para o cadáver dela.

A boca de Ji-Hye se abriu, chocada, e seus olhos ofendidos marejaram.

— Você acha que o seu sofrimento é especial, Lee Tan? — Ela falava entredentes, o nariz quase tocando o dele. — Acha que só você perdeu alguém? — Empurrou-o pelo ombro, como se o chamasse para a briga. — Também tem coisas que eu odeio. Uma delas é o babaca que você se tornou. — E uma lágrima escorreu por seu rosto contorcido de raiva.

Ele não baixou o olhar. Mas a arrogância tinha recuado, como se, mais uma vez, a inteligência dela o tivesse colocado no lugar. Quando Ji-Hye saiu, Lee Tan se sentou no chão, cansado de discutir com ela.

∼

A insônia empurrava Marina de um lado para o outro da cama. Colocou o moletom masculino, uma calça jeans e foi até o quarto de So. Estava vazio. Sentou-se no chão, as costas apoiadas no batente da porta. Olhava para os móveis como se ele fosse aparecer de repente, de trás de algum deles. Sorriria para ela e finalmente a beijaria.

— Você está bem?

Marina seguiu a voz. Era Tan, que a olhava da escada, o rosto sério, mas o tom de voz soava aconchegante, quase como se pudesse se aninhar naquela pergunta. Apesar disso, Marina não respondeu. Continuou olhando para dentro do quarto.

De repente, ouviu um barulho vindo lá de baixo, na sala. Tan não estava mais na escada. Curiosa, desceu e o viu procurando algo na cozinha. Marina se aproximou, as mãos escondidas dentro das mangas da blusa, e observou Tan abrir e fechar gavetas.

— O que está procurando?
— Chaves.

As luzes estavam apagadas, mas a cozinha estava iluminada por causa da claridade natural que entrava pelos vidros da sacada. Marina se aproximou mais e se encostou na geladeira, ainda o assistindo. O roteirista, de costas para ela, prosseguia com a procura, agora abrindo as portas dos armários.

— O So. Sabe onde ele está agora? — A voz dela oscilava com a ansiedade. — Ele foi até aquela ponte e simplesmente pulou.

— Você me falou — resmungou, impaciente.

— Ele não me disse por que faria aquilo. Eu... — A voz embargou. — Eu tenho medo de que ele não volte. Você consegue vê-lo? Consegue saber onde ele está?

O roteirista se virou e caminhou como se fosse para cima dela. Colocou as mãos na geladeira, ao lado dos ombros de Marina, e a prendeu com o próprio corpo. O hálito de café misturado com hortelã a tocou no rosto, tão perto ele estava enquanto falava:

— Não. Eu não sei onde o So está. — Os olhos iam e vinham nos dela, a respiração curta por causa da irritação sob a rédea, debatendo-se para se soltar. — Você é a namorada dele, você é quem devia saber.

Ela engoliu em seco, pega desprevenida pela reação. Os braços levantados afrouxaram a gola da blusa de lã que ele usava, expondo o pescoço e uma parte dos ombros. A clavícula era funda, igual à de So. Marina piscou várias vezes, um pouco perdida, e disse, tentando manter a pose de durona:

— Achei que ele fosse o seu personagem principal.

— E eu achei que já tinha dito para você parar de usar essa blusa.

Os olhos dele ainda estavam presos aos seus. Devagar, passaram por todo o rosto dela, até pararem em sua boca. Os braços não estavam mais tão firmes, dobravam devagar, e aos poucos seu corpo chegava perto demais do dela. A luz de fora bateu nos lábios de Tan, o filtro labial bem desenhado. Marina cravou as unhas no tecido do moletom, por dentro da manga. Algo nele a atraía com força.

— Eu gosto dessa blusa — ela balbuciou. — Achei no armário, parecia não ter dono.

Tan falou mais baixo, encarando sua boca:

— E eu achei o que estava procurando.

Então se afastou e levantou um molho de chaves. Caminhou em direção à porta e Marina voltou a respirar. Fechou os olhos para se recompor. Queria saber de So. Por isso, seguiu o roteirista, mesmo sem ser convidada.

Alcançou-o e entrou no elevador. Tan não protestou. Apertou o botão do último andar do prédio e, com a chave que tinha encontrado na cozinha, abriu a porta que dava para um terraço. Andaram até a beirada e, quietos, encararam as luzes amarelas e azuis saindo de cafeterias, bares, restaurantes e karaokês lá embaixo, todos funcionando como se ainda fosse dia. Ela o espiava de esguelha, esperando a melhor hora para perguntar novamente de So.

— Você não me respondeu — ele disse.

— O quê?

— Se você está bem.

Marina puxou as mangas do moletom para esconder as mãos. Esfregou-as, escondidas dentro da blusa, e soltou um suspiro, olhando para Seul como se tivesse esperança de ver So em algum ponto da cidade. No silêncio dela, Tan prosseguiu:

— Eu não sei onde ele está, Marina. Se soubesse, te contaria.

E olhou para o chão. Os cabelos caíam escorridos sobre os olhos. A luz fraca de um poste do terraço refletiu nos fios tingidos de castanho-claro. Também havia trocado de brinco. Usava argolas prateadas pequenas, uma em cada orelha. A pele branca dos joelhos aparecia pelos rasgos da calça. Era outro homem. Menos ameaçador.

Os olhos dela apenas o observavam. Tan pareceu constrangido e perguntou:

— O que foi?

— Estou pensando em como um cara feito você criou alguém como o So.

Ele riu, mas sem cinismo. Era um riso relaxado, amistoso.

— Foi o primeiro roteiro que eu escrevi. — Suspirou. — Era para o nono episódio estar indo ao ar hoje na reprise.

— É difícil acreditar que o So saiu de uma história que alguém criou — ela disse, encolhendo-se por causa do frio.

— Se quiser, eu mostro o roteiro para você. — Ele a olhou com um sorriso charmoso, com o canto da boca, disposto a dissolver qualquer rancor que Marina pudesse ter contra ele. — E também, se ele não fosse um personagem, você provavelmente teria pegado um avião para chegar aqui, como as pessoas normais fazem.

— Mas ele é tão real.

— Você reparou na sutileza com que o So conduz todas as situações, ou todas as cenas, e de repente muda as coisas para ser o centro de tudo? Eu sei que sim. — Começou a andar na direção dela à medida que falava. Marina também caminhava, mas de ré, para que ele não chegasse tão perto. — Depois que ele apareceu, se tornou o centro da sua vida. E a pureza dele, você não estranhou? Ele quer te proteger o tempo todo, como em um conto de fadas. — A expressão de Tan era afetuosa ao dizer isso, como se estivesse descrevendo o que estava dentro dele, não de seu personagem. — O modo como ele te toca — então as costas dela bateram em uma parede —, como se venerasse o seu corpo, em vez de desejá-lo.

— Você fala como se tudo tivesse sido uma atuação. Ele gosta de mim — Marina disse, sem convicção.

— Marina, o protagonista é quem leva a história. Ele é o centro da trama. O mundo é dele. Os coadjuvantes se movimentam por causa dele, chove se o protagonista precisar que chova, neva se o protagonista precisar que neve...

— Uma estrangeira aprende a falar coreano se o protagonista precisar que fale — Marina o interrompeu com a voz triste, encarando as mãos que embolava dentro das mangas da blusa.

O roteirista deu um passo para perto. Falou, tentando ser cauteloso:

— Ou se apaixona por ele se também precisar que isso aconteça.

— O que o So está fazendo comigo? — Marina soltou de repente, um pouco desesperada, como se a pergunta tivesse acabado de arrebentar a coleira. — Você criou o So. Deve saber.

Os olhos dela estavam aflitos com a possibilidade de não ter So nunca mais, de tudo não ter passado de um efeito especial ou de pano de fundo para uma história que não fosse a dos dois. O roteirista pareceu tocado pela angústia de Marina. Olhou para baixo e disse com a voz suave, sem olhá-la, um homem prestes a confessar um sentimento:

— Ele gosta de você. Mas só está fazendo o que nasceu para fazer.

— Ele nasceu para me amar? — Riu, cínica, mas desanimada com a ideia de que, talvez, o amor entre eles também fosse uma ficção.

Tan perscrutou Marina por um segundo. E respondeu:

— O So só pode se apaixonar por mulheres incríveis. — Encarou a cidade, depois o chão. — Está frio, é melhor a gente voltar.

Marina não o seguiu imediatamente, por causa do que ele tinha dito.

O autor ainda trancava a porta do apartamento quando ela falou, brincando com a cortina transparente, a qual balançava com o vento que entrava pela sacada:

— Eu também escrevo.

O apartamento agora recebia menos iluminação, como se a cidade começasse a se apagar. Tan caminhou até ela. Investigou seus olhos, desorientado pelo calor dentro deles:

— Escreve?

— Tenho algumas coisas prontas, mas nunca mostrei a ninguém.

A blusa de Tan estava mais caída em um dos ombros, e Marina reparou de novo na clavícula bem marcada perto do pescoço, visível na blusa de gola cavada. O escritor escondeu as mãos nos bolsos, e não dava para saber exatamente por causa da penumbra, mas agora parecia olhar para os lábios dela.

— Marina. Você ia mesmo pular aquela noite?

Baixou o tom de voz e deu mais um passo, perto o suficiente para um beijo.

— Se você pulasse, eu...

— Está ficando tarde.

Tan a olhou por um tempo, quieto, então respirou fundo e concordou. Ia sair, mas voltou, como se algo tivesse rompido dentro dele. Deu mais um passo e segurou o rosto dela com uma das mãos. A respiração do roteirista havia mudado. Deslizou o polegar pelo lábio inferior de Marina e sussurrou, gentil:

— Eu posso.

— O quê?

— Tocar você.

Marina colocou a mão sobre a dele, em seu rosto, e a conduziu lentamente para baixo. Um sofrimento cruzou os olhos de Tan, como se o gesto dela o tivesse rasgado por dentro.

— Desculpe. — Ele deu um passo para trás, sorrindo constrangido, e se inclinou para a frente, formal, para validar seu arrependimento. — Eu não devia ter dito isso.

Deixou Marina na sala e se fechou no escritório. Sentou em sua cadeira, em frente ao laptop, e esperou. Ouviu o som da porta e só então fechou os olhos, com os dedos enfiados no cabelo. Encarou a tela. Deu dois cliques sobre o redator de texto.

Apenas Marina não sofria com o calor que emitia. Tocar em sua pele era quente a ponto de causar cegueira e delírio. Mas a vida continuava sendo irônica com ela. Tinha se apaixonado por um homem que não podia sentir seu gosto ou colocar os lábios em seu pescoço. Só que Marina era inteligente e logo perceberia que o amor que ela merecia receber era outro homem quem poderia lhe dar. Na temperatura certa.

13

"Não tive coragem de morrer com ela. Em vez disso, encontrei você para odiar até a morte. Foi isso que me fez suportar."

"지희따라 죽을 용기는 없고, 대신 널 찾아서 죽어라 미워하면서 버텼으니까."

—— *Secret*
비밀

Estava escuro quando So chegou à casa de Marina. A porta não estava trancada, exatamente como eles deixaram no dia em que fugiram. Soltou um suspiro ao ver a sala. Revirada e suja, como se portasse as sequelas de um apocalipse. Os livros não estavam mais na estante, e sim espalhados pelo chão. As almofadas do sofá estavam rasgadas. As cadeiras tinham sido arremessadas contra a parede e, pelo tapete, havia cacos de vidro dos quadros quebrados.

Caminhou até o quarto. Acendeu a luz. A carteira, as chaves e os documentos de Marina estavam espalhados, a bolsa aberta e vazia, largada em um canto. Os lençóis, amarrotados no chão. O colchão estava fora do lugar, como se alguém tivesse tentado virar a cama box de cabeça para baixo, mas tivesse desistido. Talvez pela falta de força causada pelo álcool.

Na cozinha, So desviou de potes de comida jogados pelo chão e fechou a geladeira. Contorceu o rosto ao sentir o cheiro de alimento apodrecendo.

Apoiou um dos ombros na parede e cruzou os braços. Anos pareciam ter ficado para trás desde o dia em que esteve naquela casa. Viu a cadeira. Foi nela que se sentou na noite em que ela o trouxe do aeroporto. Observou os talheres na gaveta aberta, contemplando a vez em que quase a beijou. Seus olhos eram atraídos com facilidade para a boca de Marina. O dedo indicador puxava o lábio inferior dela levemente para baixo. Ela não respirava. So beijou devagar o próprio dedo, aquele que a tinha tocado.

— *Kiseu.*

Sorriu, com saudade.

Olhou para a cozinha e passou a mão pelos cabelos, com raiva. Aquela não era a bagunça de um ladrão, mas de alguém cruel e instável, que destruiu a casa da mulher que costumava agredir simplesmente porque seu brinquedinho ousou desaparecer.

Sobre a mesa, uma maçã mordida chamou sua atenção. So estreitou os olhos. A polpa ainda parecia suculenta, diferente dos outros alimentos. Ele retesou o corpo, alerta. Procurou ao redor, os ouvidos atentos. Em passos leves, foi até a garagem e, devagar, espiou a área. Não havia ninguém.

O carro de Marina ainda estava lá, intocado. Correu até o quarto e pegou as chaves no chão. Abriu o veículo e se encolheu no banco de trás. Os vidros com película escura o esconderiam durante a noite. Cochilou poucas vezes na madrugada. Qualquer som o despertava.

Paciente, assistiu ao dia raiar.

Permaneceu vigilante no banco do passageiro por horas. Pelo vidro traseiro do carro enxergava o portão da casa. A manhã e a tarde demoraram a passar. A todo momento trocava a posição das pernas, mas seu corpo não aceitava mais nenhuma, dolorido por ficar tantas horas contraído. Seus braços formigavam, suplicando para que So fizesse qualquer movimento.

— *Keu seki.*

O céu escurecia novamente. So bocejou e esfregou o rosto, exausto. Olhou para a casa de Marina. As luzes estavam todas apagadas e o vento assobiava, batendo nas janelas. As cortinas se moviam como almas penadas na penumbra, anunciando o fim daquele mundo. Por um minuto, foi como se não houvesse mais ninguém. Tremeu com um calafrio.

O barulho do portão rangeu e exorcizou o cansaço do corpo de So. Uma silhueta negra chacoalhava as barras de ferro, urrando o nome de Marina. Depois de conseguir arrastar o portão, passou pelo carro sem notá-lo e entrou pela área de serviço. So aproveitou para sair, silencioso. Ouvia os sons da casa sendo revirada pelo intruso.

— Aonde você foi, sua vagabunda? — o grito desafinado ecoou pelos cômodos vazios.

Quando os ruídos dentro da casa pareceram mais distantes, So deu a volta no carro e se agachou perto do pneu dianteiro, entre a parede e a lataria. Esperou.

O ex-namorado de Marina soltou outro berro raivoso e apareceu na garagem, as pernas se movendo como se desenhassem formatos de oito no chão. Foi embora.

— Ele veio a pé. De novo — So pensou em voz alta. — Ele mora perto.

Correu até o portão e observou o trajeto do intruso. Limpou o suor da testa. E começou a segui-lo.

~

Marina havia acompanhado Tan até a empresa, determinada a descobrir onde So estava. Em um estúdio de edição, encostada na parede com os braços cruzados, uma expressão de tédio e a postura irredutível, ela esperava o roteirista terminar de falar para fazer o que precisava.

— Rever os episódios não vai adiantar, Marina. — Tan barrava a mesa de áudio com o corpo. O funcionário que a operava tinha os olhos arregalados e fingia, sem sucesso, estar ocupado com o trabalho.

Ela suspirou, irritada.

— Não importa. Eu quero assistir.

— Só eu posso encontrá-lo.

— Quem disse? — Ela levantou as sobrancelhas, os olhos brilhando com a impaciência.

— Marina. — Ele se aproximou e ela não conseguiu permanecer indiferente. Deu um passo para trás, com medo do que poderia fazer se sentisse o perfume do roteirista mais uma vez. — O So é perfeito, e é justamente isso que o torna tão raso. Você não percebe? Você está apaixonada por uma idealização.

— Não fale assim do So. — A proximidade estava começando a inebriá-la, mas Marina lutava. — Não me obrigue a machucar você de novo.

— Ele é um galã de drama coreano. Ele não funciona como você e eu.

Uma risada interrompeu a conversa. Era Ji-Hye. Estava parada na porta do estúdio e, pelo jeito, havia escutado o suficiente.

— Se o So é tão raso, talvez isso diga mais sobre você que sobre ele, Lee Tan.

— O que você quer, Ji-Hye? — ele resmungou, esfregando os olhos, irritado.

A mulher entrou na sala, os olhos cravados em Marina. Refinou a visão, estudando o rosto da estrangeira como se precisasse encontrar um alfinete no meio do mar. Então sua boca se entreabriu e a respiração cessou, como se Ji-Hye tivesse engasgado. Engoliu em seco, olhou para o roteirista com indulgência e sorriu, desanimada, para a brasileira.

— Marina, é um prazer conhecê-la.

— Olá — ela retribuiu o cumprimento, revezando o olhar entre a coreana que ainda não conhecia e o roteirista, claramente incomodado com sua presença no estúdio.

— Por que você não a deixa assistir ao que quiser, Tan? — Ji-Hye falou com frieza, capaz de permanecer estática vendo o antigo conhecido ser devorado por um leão. — Você não pode mais parar o So. Nada do que fizer agora vai mudar alguma coisa. Então deixe a Marina fazer o que precisa ser feito. — Olhou para Marina, que a encarava com curiosidade. — Você é exatamente como eu imaginei.

Ji-Hye saiu da sala e Tan a seguiu. Marina pediu que o operador soltasse o último capítulo do drama, aquele em que So havia desaparecido. Assistiu ao trecho em que ele e Eun Sang pulavam da ponte.

— Ei, isso não estava assim antes — o funcionário estranhou. — Os cenários estavam iguais, apenas com as lacunas que eles deixaram.

— O que quer dizer? Que o So voltou para a história? — Marina perguntou, ansiosa.

— Parece até que é só porque você está aqui assistindo.

Então Marina pausou o vídeo no momento em que So olhava para a câmera, em pé no parapeito, dramático e belo como protagonista. Era como se ele estivesse olhando para ela.

— Por que você pulou de novo? — cochichou, com saudade. Suspirou, triste, com as mãos nos cabelos. — Onde você está, So?

— Você vai querer assistir mais uma vez? — o operador perguntou, receoso de que a estivesse incomodando.

— Não, acho que já vi tudo.

E a tela apagou.

~

So andava pelo menos trinta passos atrás do ex-policial, nas sombras, os pés leves. O homem virou para trás de repente, e o coreano se encolheu para se esconder atrás de um carro. Respirou aliviado ao ver que o outro continuou andando, sem desconfiança.

Seguiu-o por cerca de dez quadras. Até que ele entrou em uma casa velha de tijolos à vista. O mato alto cobria a pequena calçada que levava até o alpendre. Destoava das residências bonitas da rua. Tudo estava quieto.

Do outro lado da rua, viu o agressor de Marina passar pelo portão e deixá-lo aberto. O homem se arrastou até a entrada, destrancou a porta e a bateu com força. So então atravessou a rua e andou pela lateral da casa, engatinhando pelo mato alto. Parou ao ouvir um choro suplicante.

Era uma mulher.

～

— Ji-Hye! — Lee Tan a segurou pelo braço. — Pare de se meter, eu sei o que estou fazendo.

— Ah, sim, porque a situação está claramente sob controle. — Livrou-se dele com um solavanco, puxando o braço com tanta violência que surpreendeu o roteirista. — Aliás, eu fui chamada pelo seu chefe para me meter porque você está lidando com tudo isso muito bem. — Então soltou uma risada que era mais um suspiro de pena e desânimo. — Agora eu entendi por que você se apaixonou pela Marina. Como você consegue se olhar no espelho? Não vê como tudo isso é grave e patético?

Os olhos dele marejaram com a raiva.

— O protagonismo do So está se sobrepondo à sua autoria. Você está vulnerável. Se for para ajudar o So a completar a jornada dele, esses personagens podem fazer o que quiserem com você. — Tan ameaçou falar, mas ela não deixou. — Você pelo menos já conseguiu entender por que o So está aqui e não no drama que você escreveu? É claro que não. A única coisa que você quer entender é a Marina, seu novo entorpecente. — Ela balançou a cabeça, contrariada, colocando o cabelo atrás das orelhas, desconfortável ainda com aquela conversa assombrada pelo sentimento do roteirista por outra mulher.

— O So saiu da história porque se rebelou e...

— Não — ela falou por cima dele —, o So saiu da história porque não conseguiu sustentar a toxina que você injetou nele.

— Do que você está falando? — disse Tan, medindo-a com descaso.

— Você criou o So para escoar o seu próprio sofrimento. Mas ele não aguentou, Tan. Um personagem fictício não aguentou. — Encarou-o com bondade, como se o estivesse perdoando por todos os pecados que havia cometido contra ela. — E saltou da história para tentar entender de onde vinha tanta dor. — Ela deu um passo em direção ao roteirista. — Que é exatamente o que você deveria estar fazendo.

Tan balbuciou entredentes:

— Pare de me analisar como se me conhecesse. Eu não sou mais a mesma pessoa.

— Então me deixe entrar, Tan. — Ji-Hye espalmou a mão no peito dele, os olhos esperançosos. — Me deixe entorpecer você.

Ele mordeu o lábio, contendo uma barragem que parecia rachar dentro de si, e limpou com o braço uma lágrima que escorreu, furioso. Olhou para baixo e não respondeu.

— Por que você insiste em ignorar a realidade? Você deu ao seu personagem uma alma igual à sua. Tentou manipular a sua dor em vez de enfrentá-la. E olhe tudo o que aconteceu.

Ji-Hye tinha um ar sábio, e Tan fingia que ele não o impactava, ainda que seu corpo dobrasse a cada palavra dela.

Ela respirou, tentando ser paciente ao esperá-lo.

— Você sabe onde está o So? — perguntou, como se aquela conversa a perfurasse com agulhas embaixo das unhas.

— Ele foi atrás da Eun Sang — disse Tan, como se admitisse.

— E onde ela está?

— Na casa do ex-namorado da Marina.

— Você viu o So indo para lá? Na sua cabeça?

— Não, o So de alguma forma cortou essa conexão comigo. — Ele passou as mãos pelos cabelos lisos, frustrado. — Eu só sei onde eles estão porque conheço a lógica que os personagens seguem. — Sua voz estava aborrecida, como se odiasse ter aquela informação.

— E você não contou para a Marina porque tem esperança de que ela desista do So de uma vez e fique com você — Ji-Hye concluiu e levantou as sobrancelhas, chateada.

Tan olhou para ela, lamentando por ferir Ji-Hye uma vez mais.

⁓

So estava escorado na casa. Foi até uma das janelas a passos lentos. O ex-policial gritava em coreano. O choro da mulher ficava cada vez mais alto. So fechou os olhos, com angústia. Abriu-os em um susto. Um tapa ressoou dentro da casa e a mulher deu um grito esganiçado. Uma porta bateu e, então, silêncio.

Um filete de suor escorreu por sua têmpora. Ofegava com o nervosismo. Inclinou a cabeça para ver pela janela. A mulher chorava no chão, desamparada, o corpo caído como se esperasse a morte. Os cabelos suados estavam colados no rosto. A boca sangrava. Ela tinha perdido peso e parecia fraca.

Os punhos de So se cerraram e seu rosto se toldou. A respiração ficou ainda mais acelerada e os olhos estavam focados, como se houvesse gasolina circulando pelo seu corpo, prestes a explodir. Caminhou até o fundo da casa. O quintal estava forrado de entulhos. Pegou uma tábua e balançou no ar, testando o peso. Insatisfeito, descartou-a e encontrou um pedaço de cano hidráulico. Segurou-o com firmeza e foi até a porta dos fundos. Era de alumínio. Chutou-a até que dobrasse. E entrou.

— Eun Sang — So gritou, caminhando pelo corredor com passos pesados, os olhos cegos de fúria, os punhos tesos. — Eun Sang!

Ela o ouviu e gritou o nome do amigo, desesperada, a voz falhando de tão aguda. O barulho atraiu o urso, que apareceu mostrando os dentes para o coreano. Não parecia surpreso. Era como se soubesse que, em algum momento, o maldito que sumiu com sua ex-namorada voltaria para pegar o que tinha deixado para trás.

— Cadê a Marina, seu asiático desgraçado? Foi você quem enfiou essa mulher aqui dentro da minha casa? — ele disse, apontando para uma porta, a sala onde Eun Sang deveria estar. Então estreitou os olhos, cruel, e falou baixo, quase cuspindo: — Não tem graça bater nessa ameba.

So girou o cano na mão. O objetou parecia flutuar entre seus dedos. Os olhos estavam gelados, a mente concentrada no que faria com o braço em alguns instantes.

O ex-policial não parecia mais tão hesitante, como se a vontade de matar So tivesse extirpado o efeito do álcool. Avançou contra o coreano, que, num movimento rápido, o acertou no ombro. O cano quicou em um osso. O barulho foi o de alguém que pisa sobre uma casca seca de árvore. O golpe já teria sido suficiente para derrubá-lo, não fosse a raiva colocá-lo novamente em pé. So girou o cano nas mãos. O monstro preparou outra investida, menos impetuosa, mas surpreendeu ao voltar para trás quando o cano veio em sua direção. Acertou um murro na costela do coreano, que caiu de joelhos, retorcendo-se em dor. A arma rolou pelo corredor.

— Eu vou matar você — o homem sussurrou as palavras com ódio e dor, o osso quebrado no ombro esticando a pele como se fosse rasgá-la.

Então levantou So pela garganta, a ponto de seus pés não tocarem o chão. Ele mexia as pernas numa tentativa de atingir o ex-policial, mas a falta de ar extinguia sua força aos poucos. O oxigênio se esvaía rápido, seu rosto estava púrpura e a cabeça parecia inflar, como se fosse rachar a qualquer momento.

Foi quando algo acertou o urso na parte de trás da cabeça. Ele soltou So, que se escorou na parede, tossindo. So viu Eun Sang ofegar com a arma na mão, como se tivesse usado o que lhe restava de energia para investir no golpe. Os amigos trocaram um olhar, e ela arremessou o cano para ele.

O homem levantou pela última vez. Avançou contra So, o braço que não doía esticado para agarrá-lo de novo e, dessa vez, asfixiá-lo até a morte. O coreano sentiu a arma leve entre seus dedos e mirou, os olhos decididos a terminarem de uma vez com aquilo. O cano cantou no ar e o golpe explodiu bem no meio do rosto do ex-policial, que caiu para trás como um tronco, o nariz se esvaindo em sangue.

So largou o cano no chão, o furor ainda prendendo seus dentes. Eun Sang chorou, tirando-o do transe. Segurou-a e a ajudou a se levantar.

— Você me achou. — Ela soluçava, em prantos. — Você me achou. — As mãos no rosto dele, as lágrimas se misturando à poeira em suas bochechas.

Os olhos dela estavam fundos e o nariz, machucado. Escorria um filete de sangue de sua boca na direção do queixo, e os ossos do rosto estavam proeminentes. So colocou a cabeça de Eun Sang em seu peito e acariciou seus cabelos. Sussurrou:

— Me desculpe.

— Você me encontrou, So. — Ela apertou a camisa dele com os dedos. — Obrigada.

So a pegou no colo e correu pela rua. Olhava para a paisagem como se pudesse enxergar por trás dela, como se o mundo fosse uma cortina que só ele podia abrir. As pernas, de repente, não estavam mais cansadas. Seu corpo parecia levitar. Correu pelo bairro até chegar a uma área mais movimentada. Enxergou um viaduto. Pensou no mundo onde nascera. E saltou.

~

— Por que a Eun Sang foi parar na casa do tal ex-namorado? — Ji-Hye perguntou, o sorriso desafiador de quem quer fazer uma aposta.

— Ela é uma personagem vulnerável, criada para amar com tudo o que tem, para fazer o que esse amor quiser que ela faça. Se ela estiver ao lado de um homem como o So, estará bem. Mas, se for um homem como o ex-namorado da Marina, ela provavelmente vai definhar sem reagir — Lee Tan disse, com indiferença. — Quando ela pulou da ponte, foi parar no mesmo lugar que o So. Ele foi atraído até a Marina. A Eun Sang, pelo perfil que tem, funcionou como um ímã para o ex-namorado agressivo.

— Então ela vai definhar se continuar lá.

— É como tirar o Harry Potter de Hogwarts e colocá-lo no universo de *Star Wars*. Ele não sobreviveria um minuto com aquela varinha idiota.

Ji-Hye o analisou por um momento. Parecia decepcionada. Então disse:

— Tan, talvez tudo esteja se movendo por causa do So. Você não consegue enxergar que ele está cumprindo etapas? Sair da história, conhecer a Marina, o ex-namorado, o resgate da Eun Sang... — Ela gesticulava, movendo peças de um tabuleiro invisível. — Isso está deixando o seu protagonista mais forte. E você não está fazendo nada. — Ji-Hye o tocou no peito com o indicador.

— O So é só um personagem de ficção que eu escrevi — ele aumentou o tom de voz, impaciente.

— O So não quer mais ser propriedade sua. E ele vai voltar para te dizer isso — falou sem nenhum espanto, deduzindo que a informação era mais uma das que Tan se esforçava tanto para negar.

— Ele não é meu inimigo. Eu me importo com o So.

— Você está tentando roubar a garota dele, idiota. Isso destrói qualquer diplomacia. — Ji-Hye suspirou, aborrecida. — A Marina não pode ficar com você. E eu estou te dizendo o que você já sabe, o que deixa tudo ainda mais doentio.

— Eu posso ficar com ela, sim. — O roteirista avançou em Ji-Hye e segurou-a pelos ombros, angustiado, a voz amedrontada, a solidão o fazendo gaguejar. — Não faça nada, Ji-Hye. Não faça nada para tirar a Marina de mim.

Por um instante, Ji-Hye o encarou com a expressão um pouco aterrorizada. Segurou os pulsos de Tan e, com os olhos úmidos, moveu as mãos dele dali. Disse, a voz cheia de dor:

— Me procure quando quiser ajuda, Tan.

So colocou Eun Sang sobre a cama. Estavam no apartamento dele. Tratou dos ferimentos no rosto enquanto ela ainda chorava, quieta, os olhos perdidos procurando os dele, pedindo socorro, pedindo que ele a amasse.

— Como você está? — Sentado ao lado dela, So fazia um curativo no corte em sua testa. Depois apoiou os cotovelos nos joelhos e a encarou, com tristeza. — Meu Deus... a culpa disso tudo é minha.

— So? Que lugar era aquele? — Ela tremeu ao falar do cativeiro.

Ele a olhava como se quisesse pegá-la no colo.

— Eun Sang, por que você pulou da ponte? Você podia ter morrido.

— Eu morri quando li a sua carta.

As palavras o esfaquearam no peito.

— Não diga isso, por favor.

— O vazio que eu senti — ela respirou fundo — foi como se a minha alma tivesse sido aspirada de dentro de mim. — Apertou a blusa na altura do pescoço.

— Eun Sang. — Entrelaçou os dedos aos dela. — O amor que você tem por mim... É o que uma garota sente pelo irmão mais velho.

O rosto delicado ficou confuso. Os olhos, ingênuos, passeavam pelo quarto, piscando assustados.

— Olhe para mim. — So respirou fundo, preocupado em não a agredir com o que ia dizer. — Quando pensa em mim... você me vê como um homem?

— Como um homem? — ela repetiu, uma criança que não compreendia os problemas dos adultos.

— Você imagina nós dois — fez uma pausa, olhando com intensidade para a amiga — fazendo amor?

Cada parte dela se contorceu em pânico. As bochechas estavam em chamas, e o medo que agitava a pureza em Eun Sang reluzia em seus olhos.

— So, do que você está falando? — E desabou a chorar. — Por que está dizendo essas coisas para mim?

— Eun Sang, calma. — Segurou o rosto dela entre as mãos. Falava com uma voz doce, não queria machucá-la ainda mais. Abraçou-a e esperou que ela se acalmasse. — O que eu estou tentando dizer é que o amor que você tem por mim é diferente. — Segurou as mãos dela contra o peito. — Você não precisa de mim por perto para viver. Mesmo se nós dois não terminarmos juntos, você pode ser feliz.

Ela piscava e mais lágrimas escorriam. A conversa parecia tranquilizá-la.

— Vou estar sempre por perto para cuidar de você. Como no colégio. Lembra? — Eun Sang riu, os olhos ainda marejados. — Quando eu te levava nas costas, porque você vivia caindo e machucando o pé, ou quando eu deixava você comer o meu doce porque tinha derrubado o seu no chão...

— Eu era tão desastrada. — Sorriu com afeto. — Você sempre me protegia.

— Isso não mudou, eu ainda vou estar perto de você. — Passou a mão pelos cabelos dela. — Eu também te amo. Como o seu irmão mais velho.

Eun Sang concordou, as palavras se encaixando dentro dela. Fechou os olhos e sorriu, aliviada. Abraçou So com força e disse:

— Você acabou de me salvar de novo. Obrigada.

Ele a olhou nos olhos e sorriu, amoroso:

— Eu preciso ir agora. Vá para casa só quando estiver se sentindo melhor.

— Aonde você vai?

— Atrás da mulher por quem eu estou apaixonado.

O rosto de Eun Sang congelou e os olhos brilharam. Então sorriu, acenando com a cabeça para encorajá-lo.

∽

Em São Paulo, no estúdio de edição de uma grande emissora de televisão, um editor encarava o monitor de boca aberta. Um capítulo da nova novela das oito estava congelado na tela. Pegou o telefone sem fio e discou um ramal.

— Alô, Rio? Escuta, as partes do núcleo mais pobre da novela foram regravadas, é? — Fez uma pausa enquanto ouvia a resposta do colega. — Como não foram? Eu estou vendo que foram! Recebi uma ligação da ilha dizendo que tinha aparecido uma coreana nas imagens e... Não, caramba! O núcleo de Curitiba, com a personagem que apanha do ex. — Bateu no monitor com a caneta. — Fui assistir para ver do que os caras estavam falando, e, além da coreana, a personagem que apanhava do alcoólatra sumiu do HD. — Outra longa pausa. — Sim, sumiu. Como eu vou saber? Sumindo, não sei! É quase como se ela tivesse pulado para fora da fita. Porque os cenários continuam aqui. Só ela que não.

O editor correu as imagens. Apertou o play.

— Espera aí, espera aí. Que droga é essa aqui? — Apertou o botão de rewind. — Cara, tem um coreano aqui também. Sim, o sujeito está aqui, tirando a coreana de dentro da casa do namorado alcoólatra. E por que eles estão falando em outra língua? Você viu isso aqui? Quem foi que mudou o roteiro dessa porcaria e editou sem me avisar?

14

"A ponto de enlouquecer, eu desejei ter você em meus braços. Eu achei que morreria enquanto continha o desejo de correr até você."

"미치도록 안고 싶더라.
너한테 달려가고 싶은 걸
참느라 죽는 줄 알았다."

— *Hwarang*
화랑

O que o roteirista sentia por Marina crescia a cada dia, com a intensidade de um vento que aos poucos se torna um tufão. Ela, que não aguentava de saudade de So, não queria perder o ar perto do roteirista, não queria reagir quando ele chegava perto demais. Uma madrugada, Marina encontrou-o na sala. Ele a segurou para beijá-la. E Marina o empurrou na mesma hora, sem esperar um segundo sequer, sem hesitar.

Sentada sobre o tapete, no quarto, Marina olhava para a mancha clara e arredondada que o luar fazia no chão. Deitou no meio da luz e acariciou o piso. Disse baixinho o nome de So.

O vento fez o vidro da janela chacoalhar e Marina se sentou, assustada. Colocou a blusa de moletom e desceu as escadas do mezanino. Queria a sacada. Parou ao ver Lee Tan na sala, olhando para a paisagem lá fora com as mãos nos bolsos. O roteirista prendeu o ar por um instante ao ver Marina com os shorts curtos, as pernas empalidecidas pela lua cheia que tocava sua pele macia. Ele baixou o olhar, perturbado.

— Não consegue dormir? — perguntou, sem encará-la.

— Estou preocupada com o So. — E olhou Seul, piscando em todas as cores, como se uma enorme árvore de Natal estivesse caída sobre a cidade. — Eu não entendo. Por que ele pulou de novo? Aonde ele...

Marina parou de falar ao ver que Tan ainda a observava. Havia um segredo por trás de seu constrangimento. Ela estreitou o olhar. Andou até ele, um passo de cada vez, dizendo:

— O So. Você descobriu onde ele está?

O roteirista virou o rosto. Os olhos de Marina estalaram, brilhantes, cheios de lágrimas.

— Você sabe onde ele está. Mentiroso desgraçado!

— Eu não menti.

— Você disse na droga daquele terraço que me contaria se soubesse. E falou como se se importasse. — Os cabelos invadiam seu rosto com a gesticulação irritada. — Onde o So está? Não ouse mentir desta vez.

O roteirista passou a mão pelos cabelos e mordeu os lábios, mantendo o silêncio.

— Eu perguntei — e o empurrou pelos ombros — onde — socou-o no peito com força — o So — esmurrou-o de novo, mais violenta — está.

— Marina. — O vocativo era uma ordem para que ela parasse. Desviava-se dos murros.

— Seu babaca — disse, batendo em Tan com a mão fechada. — Onde está o So, droga!

O roteirista segurou os braços dela, mas Marina conseguiu se desvencilhar. Acertou-o no rosto, o que o deixou bravo. Num impulso, Tan a segurou pela cintura. Os dois se desequilibraram e caíram no chão. Ela não havia terminado de lutar, mas o roteirista jogou o corpo sobre Marina, para imobilizá-la, e segurou seus pulsos contra o chão, na altura dos olhos dela.

De repente, a sala ficou em silêncio, a tensão fina ressoando no sigilo do apartamento.

Ofegavam. Olhavam um para o outro. Os corpos estavam febris pelo esforço. Ele esperou, mas Marina não tentou sair. Os lábios dela estavam levemente projetados para a frente, o que atraiu o olhar de Tan. Entrelaçou os dedos aos dela e deslizou as mãos para trás, bem devagar, passeando o olhar entre a boca úmida e os olhos de Marina. Com os braços totalmente esticados, sua boca quase tocou a dela. A respiração de Marina ficou ainda mais ruidosa com o corpo colado ao dele, percebendo o que fazia com Tan. O roteirista abaixou a cabeça e a beijou perto dos lábios. Uma lágrima escorreu pelo rosto de Marina.

— Não era para ser assim — ela sussurrou, tão baixo que Tan não compreendeu.

Ele deslizou o nariz por seu rosto e procurou os olhos dela, embriagado. Os braços dos dois mantinham-se esticados acima da cabeça, no chão. Tan já não usava força, Marina podia se soltar, se quisesse. Inclinou-se para beijá-la, dessa vez na boca. Parou quando a ouviu dizer com a voz embargada:

— Onde está o So?

— Foi buscar a Eun Sang. Na casa do seu ex-namorado.

— Saia de cima de mim. Agora.

Tan levantou devagar. Desorientada, Marina ajeitou a blusa de moletom e lhe deu as costas, de saída.

— Você me perguntou como alguém feito eu pode ter criado o So.

Ela parou no primeiro degrau da escada.

— Eu criei o So para fazer as pazes com uma amiga.

Marina virou e encarou o roteirista com uma expressão intrigada.

— Ela também pulou.

— *Dezenove anos e já escrevendo roteiros?*

A frase chacoalhou a alma de Tan. A represa finalmente se rompeu dentro dele e a história voltou inteira em sua cabeça. A voz era do empresário do grupo de K-pop do qual fazia parte quando tinha dezenove anos.

— *Eu falei com o roteirista-chefe que responde por todas as séries produzidas pela nossa empresa. Ele aceitou ler o seu texto. "Traga o roteiro do novato", ele disse.*

O executivo tinha convencido o roteirista-chefe de que o texto do dançarino e cantor principal da banda tinha oxigênio. Tudo o que Tan precisava fazer era deixar o manuscrito na recepção da empresa na manhã do dia seguinte.

— Ele disse que tem uma reunião fora e deve retornar por volta das nove horas. Assim que chegar, sobe com o seu material para ler enquanto aguarda uma outra reunião começar — o empresário explicou. — Tan — disse, com tom mais grave. — Se o material não estiver na portaria quando ele chegar, esqueça. Ele odeia quem não cumpre prazos.

O aspirante a escritor entendeu. Era um privilégio que nunca voltaria se não conseguisse terminar sua história a tempo.

Trabalhou por toda a madrugada revisando os dois primeiros episódios do drama que tinha criado. Diminuiu alguns diálogos, melhorou a apresentação dos personagens, cortou cenas que não eram tão importantes. Terminou quando o sol nascia, os olhos ardendo com o esforço de tantas horas. Imprimiu, ajeitou o bloco com prendedores de papel e sorriu, admirando a capa com o título e seu nome embaixo. Seu celular apitou com uma mensagem. Era Irene.

> E aí? Terminou?

Tan digitou:

> Sim. Vou tomar um banho e deixar na recepção às 8h.

Calculou que levaria seis minutos no trajeto entre os dormitórios da empresa e a recepção do prédio principal. Eram na mesma quadra, precisava apenas dobrar uma esquina. Saiu às 7h54. Caminhou com o envelope embaixo do braço, o rosto virado para o sol, o trânsito de Seul soando como música, os ombros tranquilos. Seus pés caminhavam sobre nuvens.

Parou em frente à porta automática e checou o celular: 7h59. Esperou. Pontualmente às oito horas, entrou na recepção.

— Lee Tan. — A recepcionista sorriu. — Bom dia. Veio para o ensaio? Alguns dos garotos já estão aí.

— Na verdade, vim deixar isso para o roteirista-chefe.

A funcionária pegou o envelope e o balançou no ar, simpática, dizendo que seria entregue assim que ele chegasse. Tan se inclinou para agradecer e voltou cantarolando.

Irene, que o tinha seguido desde o dormitório, andando do outro lado da rua, viu Tan sair do prédio, esperou mais alguns minutos e entrou correndo na recepção. Fingindo estar afobada, cumprimentou a recepcionista, que brincou sobre o melhor amigo dela ter acabado de passar. Irene sorriu.

— Sim, inclusive eu vim correndo a pedido dele. O Tan se lembrou de algo que precisa consertar no texto e, para não perder tempo, pediu que eu viesse aqui pegar a versão incorreta. Ele vai reimprimir o material. Assim que estiver tudo certo, eu trago a nova versão.

A recepcionista, que sabia da amizade entre Irene e Tan, entregou o envelope de volta sem hesitar. Apenas a lembrou de que o roteirista-chefe chegaria em uma hora.

— Não se preocupe, o texto estará aqui.

Mas Irene nunca o devolveu. O roteirista-chefe entrou no prédio e perguntou à funcionária se alguém havia deixado algo para ele. Revirou os olhos quando ouviu a recepcionista repetir a história de Irene.

Quando Tan soube, andou até o quarto da amiga como se tivesse ferro nos pés. Socou a porta várias vezes seguidas. Ela abriu, Tan a empurrou para dentro e lacrou a porta atrás de si, o estrondo ecoando pelo corredor. Ji-Hye estava no quarto e gritou em protesto.

Tan viu o envelope pardo sobre a mesa e, apontando para ele, berrou com lágrimas nos olhos:

— O que você fez?

— Eu não queria que o roteirista-chefe recebesse o seu texto. — Irene se curvava, com medo dos gritos.

— Tan, calma, a Irene não quis...

— Eu achei que era o seu melhor amigo. — Ele riu, nervoso, entredentes.

— E você é. — Ela soluçava.

— Então por que você não iria querer que o seu melhor amigo conseguisse aquilo que ele mais sonha?

— Porque eu te amo e não quero que você saia de perto de mim.

— O quê? — Tan cuspiu a pergunta. — Você vai fazer piada com isso?

— Ela não está bem, Tan. Por favor, seja compreensivo — Ji-Hye suplicava.

— Cale a boca, Ji-Hye!

— Eu não estou brincando. — Irene o enfrentou, olhando-o nos olhos, a respiração ofegante. — Eu amo você.

O rosto de Tan estava chocado e confuso. A maneira como sua boca estava retorcida entregava a rejeição ao que tinha ouvido.

— O seu texto é bom, como tudo o que você faz. — Irene sorriu, carinhosa. — Você seria aceito como roteirista e sairia dos dormitórios, não trabalharia mais aqui no prédio, iria para longe de mim. — As lágrimas escorriam pelo rosto dela. — Eu ficaria sem você.

— E você decidiu ferrar com a oportunidade mais importante da minha vida para mostrar quanto me ama? — Tan gritou, cínico, uma repulsa cruel na voz.

— Me desculpe — Irene implorou, os cabelos descoloridos grudados nos olhos úmidos. — Eu fiquei desesperada.

— Irene, é melhor nós sairmos... — Ji-Hye a segurou pelo braço.

— Não se atreva a sair deste quarto. — Tan soou ameaçador, com o dedo em riste apontado para Ji-Hye. Virou-se para Irene com um brilho de ódio no olhar. — Você sabe o que eu tive que fazer para conseguir isso? Claro que sabe. Porque eu contei para você. — Deu um murro sobre o envelope pardo.

— Eu não queria que você fosse embora. — Ela segurou o braço de Tan, mas ele se livrou com agressividade. Ji-Hye segurou Irene, que quase caiu no chão com o impulso. — Por favor, não faz isso. Tenta entender. Eu amo você desde que a gente se conheceu.

— Pare de falar, que droga — berrou. — Por que você achou que eu ia querer saber disso? — O nojo da traição era mais evidente que a raiva. Ele andava em círculos, segurando os cabelos para trás.

— Tan, por favor — Ji-Hye implorou. — Ela não está bem, não sabia direito o que estava fazendo.

— Eu te tratei como a minha irmã mais nova e, meu Deus... — Ele se retorceu, como se tivesse tocado em água de esgoto, ao ver a garota que considerava sua melhor amiga o apunhalando. — Eu deixei você dormir na mesma cama que eu quando chovia. Você dizia que tinha medo!

Irene chorava, quieta e assustada, colada à parede, negando com a cabeça sem parar enquanto murmurava pedidos de desculpa. Ji-Hye a abraçava.

— Tan, eu sempre fui sua amiga. De verdade.

— Então por que isto está aqui? — Levantou o envelope e deixou o bloco de papel cair sobre a mesa. O barulho fez Irene encolher os ombros. — E por que você tinha que me contar? — Tan fez uma expressão de choro, como se o asco o machucasse.

— Então finja que eu não te contei. — Irene tentou ir até ele, mas Ji-Hye a conteve. Soava desesperada. — Vamos esquecer que eu falei tudo isso, vamos só... só voltar a ser como antes.

Tan encarou Irene com desprezo e disse, rangendo os dentes:

— Nunca mais fale comigo. Eu odeio você. Queria que você morresse.

— Não! — Ji-Hye gritou, tapando a boca do amigo com a mão, mas Tan a empurrou. — Você não sabe o que está fazendo, Tan! Ela está doente! Retire o que disse. — Os olhos dela imploravam, como se Irene estivesse pendurada em um galho na beira de um precipício e apenas Lee Tan, no mundo inteiro, tivesse uma corda.

— Por favor, não fique bravo comigo. Eu... eu preciso de você perto de mim. — O choro de Irene havia engrossado, e as lágrimas caíam livres, como se transbordassem. Seu rosto estava imóvel, pálido, o olhar vago, como se a alma tivesse deixado o corpo.

— Para de falar como se eu fosse seu namorado. — Pegou o envelope e olhou a amiga com desprezo. — Me embrulha o estômago.

Saiu do quarto, ignorando os gritos desesperados de Ji-Hye atrás de si. Na madrugada daquele dia, Irene subiu no parapeito de uma janela do último andar do prédio da empresa. Ji-Hye a encontrou em pé, olhando para baixo. Chamou o nome da amiga, aos prantos. Irene virou para trás e a encarou como se pedisse perdão. E pulou.

15

"— Você não está com medo de mim?
— É que eu ainda não sei
bem quem é você."

"— 안 무섭습니까, 제가?
— 그쪽이 누군지 제가
아직 잘 몰라서요."

— *Kill Me, Heal Me*
킬미힐미

— O prazo do Tan terminou, Ji-Hye — o diretor da empresa falou, em pé atrás de sua mesa, uma das mãos brincando com duas bolas de metal. — Se ele não resolver o problema dos personagens agora...

— Diretor, a situação não é simples — Ji-Hye o interrompeu com um tom de voz conciliador.

— O prazo acabou. — Ele a encarou com frieza. — É um absurdo o que está acontecendo. Um personagem saltar da história e arruinar o nosso drama de maior audiência. Lee Tan parece não ter entendido quanto isso nos prejudicou.

— Diretor, como o senhor bem disse, é um personagem que saiu de uma história — ela pronunciou cada palavra pausadamente, como se quisesse organizar as prioridades para o seu chefe. — Não há exatamente um histórico desse tipo de...

— Uma sereia poderia ter saído da banheira dele, não me interessa. — O olhar do diretor era o de quem já teria deixado corpos pelo chão se estivesse armado. — Ache o Tan e diga que eu quero uma reunião amanhã.

Ji-Hye concordou e deixou a sala.

Primeiro, foi até a redação. Da porta, checou as dezenas de mesas com computadores de última geração em que os roteiristas trabalhavam. Como não o encontrou, seguiu pelo corredor e bateu na porta da ilha de edição. Cumprimentou os funcionários, perguntou sobre Lee Tan e saiu, sem resposta. Pegou o elevador, apertou outro andar e entrou em uma sala espaçosa, na qual os atores faziam a leitura de um roteiro, acompanhados da equipe de produção. Também não estava lá.

— Aonde você foi? — falou baixinho e fechou a porta.

Apoiou-se na parede do corredor e cruzou os braços, intrigada. Pessoas passavam por ela, mas não eram vistas, porque Ji-Hye encarava o chão. Os olhos passeavam pelo piso e os dedos tocavam teclas invisíveis sobre o braço esquerdo enquanto sua mente fazia contas.

— Aconteceu alguma coisa. — E mordeu o lábio.

Um pressentimento pareceu tê-la assombrado. Virou a cabeça de repente, como se tivesse visto um fantasma bem a seu lado. Correu para o elevador. Apertou o botão do último andar.

No corredor, apressou-se até a última sala. Abriu a porta com as duas mãos, como se quisesse empurrá-la para longe. Era um cômodo pequeno. Estava empoeirado como se ninguém entrasse ali há meses. Tudo estava exatamente no mesmo lugar desde que Irene havia pulado da janela onde Tan se encontrava naquele momento.

— Tan, o que você está fazendo?

O roteirista estava com metade do corpo para fora, olhando para baixo. Aos prantos.

— Eu nunca tinha vindo aqui, Ji-Hye. Ela caiu dessa altura. — A voz saiu desafinada, em surto, as lágrimas fazendo o mesmo trajeto que Irene havia feito naquela noite. — Eu estou ouvindo o choro da Irene, o choro daquele dia em que eu disse que queria que ela morresse. Meu Deus, eu matei a Irene, Ji-Hye?

A produtora se precipitou sobre o amigo e o puxou para trás, pela cintura, com uma força que nenhum dos dois conhecia. Eles caíram um sobre o outro. Tan estava fraco por causa da mágoa, que transbordava. A amiga se sentou e o grudou em seu peito, os braços apertados em torno dele, a boca nos cabelos do roteirista, enquanto ele tremia e gritava, externando a dor que o domou por tanto tempo.

— Não faça isso, não se machuque desse jeito. Eu não aguento olhar. — As lágrimas escorriam dos olhos de Ji-Hye também. — Por favor — sussurrou.

Tan chorava sem amarras, finalmente entregue às feridas. O choro saía alto, abafado na roupa da amiga, e seu corpo chacoalhava com os soluços. Ji-Hye o apertou contra si e fechou os olhos, espremidos, como se o tormento e a angústia do amigo estivessem vazando para dentro dela.

— Eu estou aqui, ok? — Ela o beijou entre os cabelos. E Tan a envolveu com os braços, com gratidão. — Por favor, não faça nada idiota. Eu não quero ficar sem você também.

O roteirista gemia, como se a morte de Irene tivesse acontecido há poucas horas. Chorou muito. Os dois ficaram ali até perderem a noção do tempo.

Tan se acalmou aos poucos. Parou de tremer. Os braços, que seguravam a cintura de Ji-Hye como se ele estivesse pendurado em um precipício, relaxaram. As lágrimas cessaram. Ficaram deitados no carpete até o entardecer, em silêncio, ele com a cabeça apoiada na barriga dela enquanto a amiga mexia em seu cabelo.

— Há quanto tempo você sabe que a Marina é uma personagem? — Ji-Hye perguntou, carinhosa, como se só quisesse conversar e não o repreender.

— Eu acho que sempre soube. — Aninhou-se mais perto dela, gostando das mãos o acariciando daquela maneira, com saudade do toque que ele conhecia de tempos atrás. — Eu não entendo... Como o So conseguiu entrar em outra história? Será que ele consegue entrar em todas que quiser?

— Não — Ji-Hye afirmou, tão convicta que o roteirista virou o rosto para olhá-la. — O So pode entrar nas histórias em que precisa entrar para completar a jornada dele, de protagonista.

— Faz sentido. — Ele puxou o ar e soltou, devagar. Era como se agora pesasse trinta quilos a menos.

— Eu sei que o So causou muitos problemas, mas ele é um protagonista incrível. Simplesmente parou de seguir a trajetória que escreveram para ele e criou a própria jornada. — Ela fez uma pausa dramática. — Pena que os telespectadores não estão assistindo a esta parte da trama. Daria mais audiência que o drama que você escreveu.

Tan bateu na coxa da amiga, em protesto, e ela riu.

— Já que você sabe tudo — ele ainda brincava —, por que o So entrou especificamente na história da Marina? E não em alguma outra?

— Porque ele precisava da Marina para ter um fechamento. — Parou de mexer os dedos entre os cabelos dele, e Tan tocou sua perna, para que ela continuasse. — Só não sei por que tinha que ser ela.

Então o escritor falou, mas como que para si mesmo, analisando o que sentia:

— A Marina exerce uma espécie de poder sobre mim. É estranho. Porque é forte demais.

— Você é um idiota que não sabe escolher — ela disse e empurrou a cabeça dele, para provocá-lo.

— Eu comecei a escrever a história da Marina. Fiz dois ou três parágrafos, mas parei. — Então levantou os olhos para ver o rosto de Ji-Hye. — Prefiro trabalhar só com originais.

Eles riram um pouco.

— Talvez por isso precisasse ser a Marina. Talvez ela tenha esse poder sobre as pessoas.

O roteirista segurou o queixo e bateu o indicador nos lábios.

— Não. É diferente com o So. — Suspirou e esfregou o rosto com as mãos. — Que droga. Eu estou completamente maluco por ela.

— O que é estranho, porque nunca te vi maluco por ninguém — Ji-Hye disse, com o orgulho ferido. — De qualquer forma, eu precisaria saber mais sobre a Marina para entender por que o So a escolheu.

Ela continuou falando. Tan encarava o teto, mas era como se não a ouvisse mais. Seu rosto começou a se contorcer, peças se juntando dentro dele. O rosto de Marina veio a sua mente. Estava parada no meio da sala de seu apartamento, brincando com a cortina transparente, que balançava com o vento da noite que entrava pela sacada.

Eu também escrevo.

O roteirista segurou os próprios lábios, pensativo.

Você está vulnerável. Se for para ajudar o So a completar a jornada dele, esses personagens podem fazer o que quiserem com você.

Os olhos de Tan reluziram. Ficou em pé em um salto.

— O que foi? — Ji-Hye se assustou com o movimento brusco.

— Eu preciso ir.
— Aonde?
— Falar com a Marina.

Dirigiu até sua casa sem deixar o velocímetro baixar dos noventa por hora. Entrou no apartamento como mar bravio e parou no meio da sala ao ver Marina pegando café na cozinha.

— O que você fez? — ele perguntou, caminhando até ela.

Marina paralisou, a xícara parando no caminho até a boca. Parecia assustada com a intensidade do roteirista. O corpo dele estava energizado, como se Tan pudesse arrancar uma árvore do chão pela raiz.

— Do que você está falando? — Ela ainda não tinha se movido.

— O que você fez para eu me apaixonar por você?

Marina se calou. Colocou a xícara sobre o balcão, alerta.

— Marina. O que você fez? — A voz de Tan estava trêmula de raiva.

— O que eu precisava fazer — ela respondeu com frieza.

— Você escreveu sobre mim, não é? — Andou até ela como se houvesse uma faca enfiada em suas costas. — Trechos em que eu me apaixono por você?

Ela não respondeu. Seu olhar era sereno e calculista. O silêncio de Marina o enfureceu. Tan se lançou pela escada e entrou no quarto em que ela dormia. Dava para ouvir da sala o barulho do roteirista revirando o cômodo.

Abriu o armário e jogou as roupas para fora. Tirou os lençóis da cama, chacoalhou o travesseiro, esvaziou gavetas. Tan tremia, os olhos marejados.

— Onde está, Marina? — gritou, esmurrando a porta do guarda-roupa.

Olhou em volta e se agachou para procurar embaixo da mobília. Viu a pilha de papéis sob a cômoda. Seu lábio superior tremeu. Alcançou-os. Eram pelo menos dez folhas, todas escritas à mão. Tan não entendia o que estava escrito em português. Desceu as escadas com os papéis esmagados entre os dedos.

— Leia para mim.
— Não acho que...
— Leia! — ele gritou.

Marina suspirou e encarou o chão, admitindo a culpa. Desamassou as folhas e leu o primeiro parágrafo que encontrou:

— "A ferocidade de Marina o agitava, fazendo com que ele se sentisse em um barco que balança sobre as ondas em uma tempestade de lua cheia. Quando se deu conta, estava pensando que ela era uma mulher fascinante e que seria capaz de voltar no tempo só para conhecê-la..."

Então parou, constrangida.

— Continue — ele ordenou, os olhos úmidos, a voz autoritária pela mágoa.

Respirou fundo e seguiu:

— "... antes de So. E se flagrou irritado com o seu coração, que amolecia cada vez que olhava para ela. Uma noite, na cozinha do apartamento, quando So já tinha ido, prensou Marina contra a geladeira e percebeu nos olhos dela que ele também a inquietava."

Quando ela terminou, Tan estava com os olhos fechados, as mãos enfiadas nos cabelos, o rosto cheio de dor.

— Leia outro.

Marina não questionou. Trocou a folha e leu em voz alta:

— "O que o roteirista sentia por Marina crescia a cada dia, com a intensidade de um vento que aos poucos se torna um tufão. Ela, que não aguentava de saudade de So, não queria perder o ar perto do roteirista, não queria reagir quando ele chegava perto demais. Uma madrugada, Marina encontrou-o na sala. Ele a segurou para beijá-la. E Marina o empurrou na mesma hora, sem esperar um segundo sequer, sem hesitar."

O roteirista riu com tristeza, andando pela sala. Olhou para Marina sentindo-se apaixonado e, depois, traído. Perguntou, respirando como se o ar o rasgasse por dentro:

— Por que você fez isso?

— Para você entender o que o So sentiu cada vez que teve vontade de me tocar e não pôde. Cada vez que quis me beijar e não conseguiu. Por culpa sua. — Os olhos de Marina agora estavam determinados, ferinos, revelando o que era capaz de fazer por quem ela amava. — Para você sentir a dor do So e deixá-lo ir.

— Eu estou apaixonado por você — ele suplicou, aproximando-se, mas ela deu um passo para trás. — Completamente.

Marina engoliu em seco, o que ele havia dito a enfraquecendo um pouco. Então respondeu:

— Não era para ter sido tão intenso. — Olhou para suas mãos segurando as folhas amassadas, sua letra por toda parte. — Eu não achei que a história poderia ganhar mais força do que tinha no papel.

Tan se moveu para perto dela. Dessa vez, Marina permaneceu no mesmo lugar.

— E o que eu faço com isso que estou sentindo? — Os olhos tristes investigavam os dela.

— Eu não sei, Tan. Neste momento, só consigo pensar no So.

Ele abaixou a cabeça. E deixou o apartamento, derrotado.

16

"Como eu poderia reagir com você feita refém? Eu preferiria ter as costelas quebradas a ver alguém tocando em um dedo seu."

"네가 잡혀있는데, 어떻게 그래? 그놈들이 니 손가락 하나 건들이는 것보다 차라리 내 갈비뼈가 몽땅 나가는게 훨 나으니까."

— *Boys over Flowers*
꽃보다 남자

O céu de Seul havia escurecido. A luz artificial pintava So com cores estridentes. Ele encarava havia alguns minutos a entrada da empresa em que o roteirista trabalhava. Enxergava-se no reflexo do vidro da porta da recepção, parado na escadaria em frente ao prédio. Sua roupa estava suja e molhada. Em sua blusa, havia sangue do ex-namorado de Marina. Um rasgo em sua calça revelava um corte na coxa. Os cabelos pretos escorridos sobre a testa cobriam seus olhos, vermelhos por causa do esgotamento.

Ofegava. Havia acabado de chegar.

Subiu os degraus, sem pressa. Viu-se no reflexo de novo, agora mais de perto. Reparou em seu peito, subindo e descendo, seu rosto cansado, as mãos machucadas, os ombros caídos. Olhou-se nos olhos, como se conversasse com o homem que enxergava a sua frente, pedindo que ele fosse até o fim. Faltava pouco. Sua expressão ficou rígida, mas os olhos, brilhando como espelhos, entregavam o receio de enfrentar o que viria.

Ensaiou abrir a porta de vidro, mas ela se abriu antes que So a empurrasse. Olhou surpreso para a coreana que o encarava, esperando que ele entrasse. Ela sorria.

— Você é o So, não é?

Ele não disse nada.

— Eu estava curiosa para conhecer você. — Estendeu a mão para cumprimentá-lo. — Eu sou a Ji-Hye. Amiga do Tan.

So estreitou os olhos e permaneceu imóvel. Ela escondeu a mão erguida atrás do corpo e pediu que ele entrasse.

— Eu preciso falar com o Lee Tan. — Ele estudava a recepção do prédio como se tentasse reconhecê-la, o cansaço provocando a sensação de que tinha estado ali em outra era, antiga, quando ainda era um homem diferente.

— Posso dizer onde ele está. — Então o mediu. — Uau, você é mesmo lindo — disse, pegando ar.

So a encarou, impaciente.

— Você ia dizer onde ele está.

— O que você quer conversar com o Tan?

Ji-Hye afiou os olhos, notando uma mudança no homem diante dela. Uma insegurança que tinha vindo de repente, empurrando os ombros de So para baixo. Ele piscou várias vezes, exausto, e pareceu pensar, incerto a respeito da resposta para aquela pergunta. Olhou para uma das mãos. Abriu e fechou os dedos. Segurou o pulso e o massageou. Como se procurasse por algemas.

— So — Ji-Hye o chamou, cautelosa para não o espantar.

— O cativeiro não são quatro paredes. — Ele a encarou, surpreso e curioso, como se aquela coreana que nunca tinha visto estivesse lendo seus pensamentos. — O cativeiro é um estado mental, So. — Andou até ele. Admirou-o, como se ele fosse uma pintura, uma obra-prima, e sorriu. — Você está aqui, não está? Isso quer dizer que pode quebrar o que quiser.

Ji-Hye fez uma pausa para contemplar o protagonista caindo em si. A compreensão do que ela havia dito tornou o rosto de So ainda mais bonito. Ele estava sério, mas algo em seus olhos parecia agradecê-la. Então perguntou:

— Onde está o Tan?

— Na sala dele. Terceiro andar.

O protagonista empurrou a porta e o vento frio que entrava pela janela aberta jogou seus cabelos para trás. Viu Tan de costas, olhando a cidade iluminada. Parou ao lado dele.

O roteirista não se moveu, como se já o aguardasse.

— Eu achei que era sua a voz que ouvi quando recebi a ordem para pular — So disse, sem olhar para o seu criador.

— Eu não mandei você pular — Tan falou com afeto, para que So soubesse que jamais faria um pedido daqueles. — Não era eu.

— Não era. — Colocou as mãos nos bolsos e sorriu com amor pela lembrança. — Era a minha própria voz.

O roteirista virou a cabeça para ver o seu personagem. Os dois trocaram um olhar. E Tan perdeu o fôlego.

O rosto de So era puro, como se não houvesse mais nada nele além de grandeza. Seus olhos estavam claros, encapsulando o céu. Era lindo naquele momento, como se fosse feito de orvalho e constelação, o norte guardado dentro de si. So estava inteiro, um herói pronto para pegar o elixir que havia ido buscar, a espada descansando ao lado do corpo, o escudo preparado em seu braço.

— Se eu permanecer aqui, vou continuar machucando você até conseguir o que quero. — Olhava Tan nos olhos. — Cada vez que você insiste em me manter seu, você morre um pouco mais. — As palavras soavam como condolências.

Tan desviou o olhar, resistindo em concordar. So continuou:

— Você contou essa história para encerrar a sua dor. Para falar do assunto pela última vez. Mas o que fez foi jogá-la em cima de mim. E aí você me trouxe para cá. Para exumar aquilo que você deveria ter exumado.

O roteirista suspirou, ressentido. Então perguntou:

— O que você quer, So?

O personagem ficou em silêncio por um instante. Ganhou um ar solene, a espada em punho. E respondeu:

— Eu quero a autoria, Tan.

— Por que você acha que pode tê-la? Fui eu que escrevi esta história. — A pergunta, um teste.

— A minha voz se tornou mais alta que a sua. E eu fiz o arco sozinho. Você é só um nome na capa de um roteiro jogado em uma gaveta.

Tan elevou o queixo, atingido pelo comentário. Encarou o céu.

Para você sentir a dor do So e deixá-lo ir.

O escritor fechou os olhos. Por Marina.

— Tudo bem, So. — A cabeça baixa, a voz enfraquecida. — A partir de agora, ela é sua.

Um vento soprou do norte e balançou os cabelos de So. Os dois se encararam por um instante, em uma despedida. Não havia mais raiva. O personagem fez uma leve reverência para o seu criador. Deu-lhe as costas e foi embora, para nunca mais vê-lo outra vez.

~

Marina havia subido ao terraço do prédio em que Tan morava. Tinha perdido a noção do tempo vendo a cidade e o horizonte, procurando o lugar onde So poderia estar. Esfregou os braços, com frio. Voltou ao apartamento.

Entrou e ouviu um som no banheiro. Alguém tomava banho. Ela puxou o ar, aborrecida. Não queria ver o roteirista quando ele saísse do chuveiro, então foi para o seu quarto. Mas estacou na porta ao vê-lo bagunçado, porque Tan o tinha revirado para procurar seus textos.

— Idiota — disse, olhando para a porta do banheiro.

E se fechou no quarto que era de So.

Parou no meio do cômodo e olhou ao redor, mais uma vez tentando encontrar algum rastro que ele pudesse ter deixado. Abaixou a cabeça e segurou o pescoço. As lágrimas caíram sem que Marina se esforçasse.

Então ouviu o som da porta se abrindo.

Ela se virou para trás e viu So. Ele usava apenas uma calça jeans. O cabelo molhado pingava e a água escorria por seu peito. A toalha de banho jogada no ombro. Estava paralisado, olhando para Marina.

Ela balbuciou, em transe:

— So?

Ele deu um passo para dentro do quarto, fechou a porta atrás de si e a trancou.

— Você voltou. — Ela sorriu, respirando aliviada.

So jogou a toalha num canto do quarto, caminhando até ela, os olhos fixos em Marina.

— Voltei.

— Você está bem? — Ela agora reparava nos arranhados pelo corpo dele. — Alguém te machucou? Eu vou cuidar disso, só tenho que achar algo para fazer os curativos...

E caminhou em direção à porta. Quando cruzou com So, ele a segurou pelo pulso e a colocou encostada na parede, um dos braços esticado, barrando o lado direito de Marina como se quisesse impedir que ela tentasse escapar de novo. Ela se calou, os olhos marejados, exaurida pela saudade, com medo de que ele ainda não pudesse tocá-la. So deslizou o polegar por seus lábios, e uma lágrima escorreu pelo rosto de Marina. Colocou a mão em sua cintura, tocando sua pele por baixo da blusa que ela usava, e o desejo a fez puxar o ar. Ele se inclinou, devagar, e parou quando os narizes se tocaram. O corpo dela estava trêmulo.

Então, So encostou os lábios nos dela e sussurrou:

— Eu amo você.

— Eu também, So. — E puxou o ar de novo, porque a mão dele subia pela sua costela.

Ele a levantou, segurando-a pelas coxas, e a fez sentar sobre a cômoda. Ela envolveu o pescoço dele com os braços. Encarava a boca de So e ofegava.

— Faz amor comigo, Marina. — E lambeu os lábios para molhar os dela, os dedos entrando por baixo da saia, as pernas de Marina abraçando seus quadris.

Ela encaixou a boca na dele. So avançou sobre Marina com tanta sede que seu corpo empurrou o dela para trás. Logo em seguida, trouxe-a de volta com as mãos em suas costas, embaixo de sua roupa, e grudou o peito no dela. Levantou-a pelas coxas e, sem parar de beijá-la, levou-a até a cama.

∽

Ji-Hye entrou na sala de edição e bateu no ombro do operador para cumprimentá-lo.

— Depois que o personagem foi embora, as coisas ficaram calmas por aqui — o funcionário comentou, concentrado no clipe de um grupo masculino de K-pop que editava.

Ela achou graça. E disse:

— Nem parece que já faz três meses que os personagens foram embora. Aliás — sorriu de um jeito sapeca —, como será que ficou o drama do So depois que eles voltaram? Coloca um episódio para eu...

— Não! — o operador a interrompeu, num sobressalto. Ji-Hye arregalou os olhos; não esperava aquela reação. — É melhor não. Você não quer ver o que tem nesse drama. Acredite.

— Na verdade eu quero. — E riu, depois do susto.

— Se você quer mesmo ver — levantou e pegou o casaco pendurado na cadeira —, acho que devia fazer isso sozinha. — Vestiu-o. — Você sabe mexer nisso aqui. — Apontou para todos os botões. — Fique à vontade.

O homem saiu da sala e fechou a porta. Ji-Hye levantou as sobrancelhas, intrigada, e pensou por um instante antes de procurar os capítulos do drama. Ajeitou os canais da mesa de som e aumentou o volume. Escolheu um episódio aleatório. Apertou para tocar. Deixou rolar por menos de um segundo. Fechou o vídeo assim que viu So e Marina na tela, numa cama de casal, sem roupas, e um gemido ecoou pelo estúdio de edição. Colocou as mãos nas bochechas para acalmar a vermelhidão.

∼

Na sala do apartamento, Tan andava de um lado para o outro. Olhava o relógio e massageava a nuca, ansioso. O céu escurecia lá fora. Andou até cansar. E se sentou no sofá. Batia os pés no chão, até que ouviu um barulho e olhou para a entrada. Foi como se algo tivesse se chocado contra a porta. Correu para abri-la e viu uma mulher caída no chão, olhando ao redor, furiosa e confusa. Estudou Tan, desconfiada. Ficou em pé e, como se o desafiasse, disse, em coreano:

— Que merda de lugar é este? Eu estava na Itália. Como vim parar aqui? — E então parou, os olhos indo e vindo, em suspeita. — Eu estou falando outra língua?

Ela era idêntica a Marina. Alguém que não a conhecesse poderia afirmar com toda a certeza que se tratava da brasileira. Mas Tan não se enganaria, mesmo de longe. A mulher parada em sua porta tinha um brilho malicioso nos olhos, que denunciavam o seu caráter.

— Foi você que me trouxe aqui?

Tan sorriu. E abriu espaço para que ela entrasse.

AGRADECIMENTOS

Escrever esta história foi uma imersão para mim. Foi incrível passar o tempo de produção com personagens tão autônomos, que falavam sozinhos toda vez que eu sentava para escrever. Especialmente o So. A jornada dele em busca de sua voz foi a minha como autora. Ele fez com que eu me superasse a cada parágrafo e, meu Deus, foi tão dolorido e lindo também. Chorei escrevendo o último capítulo. Pelo So e por mim, pois descobri, assim como ele, que o lugar até onde podemos ir ainda não está delimitado.

Durante todo o trajeto, foram as minhas agentes literárias, Alba e Mariana, que apontaram a direção para mim. Meninas, a vocês o meu carinho mais sincero. Obrigada por sempre me incentivarem a saltar.

Agradeço também ao meu marido, Anderson. Obrigada por ter lido escondido uma das minhas histórias, anos atrás, quando eu ainda não tinha coragem de mostrar meus textos a ninguém, e ter me dito que eles eram bons. E por me amar a ponto de não esconder o que eu precisava mudar.

A você que chegou até aqui, torço para que todos esses sentimentos tenham te tocado de alguma forma. Você não apenas leu uma história de alguém apaixonada por doramas, K-pop e cultura coreana, mas acompanhou uma narrativa mudar a vida de alguém. Porque posso dizer que sou outra pessoa depois de *Pule, Kim Joo So*. Obrigada. Muito obrigada.

Confira outros títulos da Verus Editora

Amor plus size, de Larissa Siriani

O garoto do cachecol vermelho e *A garota das sapatilhas brancas*, de Ana Beatriz Brandão

Como tatuagem, de Walter Tierno

Impresso no Brasil pelo Sistema Cameron da Divisão Gráfica da
DISTRIBUIDORA RECORD DE SERVIÇOS DE IMPRENSA S.A.